문 뒤에서 울고 있는

나
에
게

김
미
희
지
음

글항아리

—

여는 글

장례식장은 석계역 근처로 정했다. 남편과 처음 같이 살았던 동네기도 하고 지하철역 가까이에 있어 문상객들이 찾기 쉬울 것 같았다. 15년 전 아버지도 이곳에서 보내드려 위치를 알고 있다. 그사이 장례식장은 이름이 바뀌어 있었다.

남편의 영정 사진으로 쓸 만한 것을 찾으러 남양주 집에 택시를 타고 갔다. 컴퓨터를 뒤지니 보름 전 찍은 가족사진에 남편 얼굴이 있었다. 하지만 얼굴이 너무 마르고 아파 보여 마지막 사진으로 쓰고 싶지 않았다. 아프기 전 건강할 때 사진은 없나 찾아봤다. 하율이 첫돌 때 스튜디오에서 찍은 기념사진에서 그이 얼굴을 확대해 액자 크기에 맞춰 잘랐다. 모니터 속에서 부드럽게 웃고 있는 얼굴을 한참 동안 바라봤다. 사진을 이메일로 보내고 뜨거운 물로 샤워를 하고 드라이어로 머리를 말렸다. 얼굴엔 파운데이션을 발랐다. 남편 장례 치르는 데 화장하면 나쁜 년으로 보이지 않을까 하는 생각이 스쳤지만, 사람들한테 비참하게 보이고 싶진 않았다. 그이는 날 오래 사랑했으니, 지난 2년 동안 힘들었어도 사랑받은 사람의 얼굴이고 싶었다.

장례식장에 많은 분이 오셨다. 그이와 나의 대학 친구들, 그이 고향 친구들, 같이 일했던 사람들, 그이의 그림을 좋아했던 이들. 그이는 투병 중에 페이스북에 글을 썼는데 그때 댓글을 주고받은 분들도 오셨다. 그중 한 분은 아이 장난감을 놓고 가셨다. 그이가 페이스북에 마지막으로 쓴 글이 아이 장난감으로 뭘 사줄지 고민하는 내용이어서 그러셨다는 메모가 남겨져 있었다.

친구 후영이가 하율이를 며칠 돌봐주다가 장례식장으로 데려왔다. 아이에게 "아빠는 이제 하늘나라에 가실 거야. 사진 보고 인사하자"라고 말했다. 아이는 어색한 표정으로 영정사진 앞에서 절을 했다. 장례식장에 온 사촌 동생과 웃으며 뛰어놀다가 후영이 집으로 다시 갔다. 나는 일주일 넘게 잠을 못 잤지만 장례식장에서도 잠은 오지 않았다. 눈물도 나오지 않아 나를 보고 우는 문상객들에게 어떤 표정을 지어야 할지 몰랐다. 거대한 힘이 나를 땅 위에서 들어올려 다른 세계에 옮겨놓은 듯했다. 이건 현실이 아닌데 울면 현실이 돼버릴 것 같았다. 그이와 같이 어울렸던 친구들과 대학 시절 이야기를 했다. 그이만 없고 다른 사람들은 다 있네. 그이가 금방 웃으며 내 옆에 앉을 것만 같았다. 잠깐 담배 피우고 왔어 하면서.

장의사가 염을 한다고 해서 따라갔다. 밖은 더운데 염하는 곳은 추워 소름이 돋았다. 남편은 고요하게 누워 있었다. 착하고 아름다운 사람. 여러 날 안았던 몸. 몸은 여기 있는데 당신은 어디 있는 걸까.

화장터와 수목장에서 몸이 떨리고 눈물이 계속 나왔다. 친척 할머님이 같은 말을 되풀이하셨다. 자식 봐서 기운 내야지. 나는 아무 말도 듣고 싶지 않았다. 장례식장에선 상주로 연기를 하는 것 같았지만, 마지막에는 그냥 나이고 싶었다. 아내도, 엄마도 아닌 단지 나로서 그이를 보내고 싶었다. 나의 반쪽.

장례 버스를 타고 갔던 길을 되돌아 석계역으로 왔다. 택시를 타고 후영이네 집에 가서 아이를 데리고 엄마 집에 갔다. 상복을 벗고 편한 옷으로 갈아입은 뒤 침대에 누웠다.

엄마가 먹고 싶은 것 없냐고 물으셔서 어릴 적 먹던 김치찌개를 해달라고 했다. 그걸 먹고 아이를 안은 채 몇 년 만에 깊은 잠을 잤다. 이제 비명 소리로 나를 깨울 사람은 없다. 그 사람은 죽었다, 다시 올 수 없다. 속으로 되뇌어도 믿기지 않았다. 그이와 함께했던 14년의 시간이 모두 꿈 같았다.

차례

1장

박현수 기억하기

.

—

끝날 때까지 끝이 아니다

서울대병원 후문 쪽에 위치한 암병동에는 수술실이 없고 진료실, 검사실, 연구실, 주사 치료실, 약 조제실만 있다. 암이 전이되거나 재발한 환자들이 다닌다. 대기실에는 피곤한 기색의 환자와 보호자들이 앉아 있고, 언제나 줄이 길어서 예약 시간보다 30분에서 한 시간은 지나야 의사를 만날 수 있다. 만나는 시간은 5분을 넘기지 않는다. 진료실을 나오면 담당 간호사가 다음 검사 일정과 의사 면담 시간을 알려준다. 대기실에는 나이 예순을 넘기신 분들이 많지만, 40~50대도 있고, 간혹 20대 환자도 눈에 띈다. 나이가 많으신 분들은 표정이 담담하고 젊은이들은 표정이 어둡다.

흔히 사회에서 마주치는 젊은이의 활기와 노인의 무표정함이 이곳에서는 뒤바뀐다.

부부가 같이 오는 경우도 많다. 누가 환자이고 누가 보호자일까. 젊은 환자는 부모가 곁을 지킨다. 멀리서 왔는지 우유랑 고구마를 드시는 분도 꽤 있다. 손가방에서 비닐봉지 부스럭거리는 소리가 들린다. 항암치료는 몸무게가 빠지면 안 돼서 먹는 일이 중요하다. 실내 온도는 사계절 내내 한결같고 대기실 의자는 늘 꽉 차 있다.

겨울이었다. 남편과 함께 진료실에 들어갔다. 의사가 그이의 몸 내부 사진을 보여줬다. 얼핏 봐도 척추를 타고 검은 점이 늘어났다.

"1차 항암 치료는 더 이상 효과가 없습니다. 2차로 임상 시험 중인 항암제가 있는데, 치료해보시겠어요?"

"효과가 있나요?"

"장담할 순 없습니다. 완치가 불가능한 건 아실 테고…… 암이 전이되는 속도는 줄어들 수도 있습니다. 지금 치료 중인 환자분이 있는데, 반응이 괜찮습니다."

진료실을 나온 뒤 어떤 말을 해야 할지 몰랐다. 그이도 그런 듯했다. 말없이 잡은 그의 손은 두툼하고 따뜻했다. 이 몸에 암이 퍼져 있다니…….

"밥 먹어야지." 그이가 먼저 말했다.

"그래, 후문 식당에 가서 먹자."

밖에는 함박눈이 내리고 있었다. 병원 올 때는 안 왔는데, 맞은편 창경궁과 한산한 거리가 어느새 온통 하얀색이다. 다른 날이었다면 예쁘다고 했겠지만 그날은 그럴 수 없었다. 들뜬 표정으로 눈길을 오가는 사람들은 모두 오래 살것만 같았다.

암병동과 바깥은 다른 세상이었다. 우린 손을 잡고 눈 속을 걸었다. 끝날 때까지 끝은 아니라고 다짐했다. 하얀 세상에 우리 둘만 있었다.

02

어둠 속의 빛

만일 몸의 감각이 서서히 사라진다면 미각, 후각, 청각, 촉각 순으로 사라지면 좋겠다. 마지막까지 시력은 살아 남아 사랑하는 사람들을 보고 싶다. 남편은 죽기 20일 전 왼쪽 눈이 잘 보이지 않는다고 말했다. 서울대병원에서 눈과 뇌 검사를 했다. 의사는 항암제 부작용인지 암이 시신경으로 전이된 탓인지 원인을 정확히 알 수 없다 했다. 입원하고 항암치료를 중단한 후 2, 3일 만에 상태가 나빠져 그는 앞을 완전히 볼 수 없게 돼버렸다.

나는 눈을 감고 상상할 수 없는 일을 상상한다. 어둠 속에서 뼈가 부서지는 고통을 느낀다면 어떨까. 그는 살아 있던 대부분의 시간 동안 만화가, 화가, 일러스트레이터로서 자신의 생각과 감정을 그림으로 표현했던 사람이다. 그에게 본다는 것은 세상을 받아들이고 표현하는 방식의 거의 전부였다. 반년 동안 일어나지 못한 채 누워 있어도 그는 나를 보며 이야기했고 하율이를 보며 웃었다.

죽음 전까지 살아 있던 건 청력이다. 그이가 스러져갈 즈음 시어머님이 아들을 흔들어 깨웠다. "얼른 나아서 집에 가자. 하율이랑 같이 놀이동산 가야지." 시어머님은 젊은 엄마가, 남편은 아이가 되어 있었다. 시어머님이 물으셨다. "현수야, 여기가 어디야?" "감옥." 그를 감옥에서 꺼내주고 싶었다. "사랑해. 이젠 아프지 않을 거야. 아프지 않을 거야" 내 입에서 기도 같은 말들이 흘러나왔다.

남편 동생이 집에 있던 하율이를 병원으로 데려왔다. 비명을 지르는 아빠를 보고 놀란 아이는 내 뒤로 숨었다. "하율아, 아빠한테 인사하자. 아빠 볼에 뽀뽀해드려. 아빠는 이제 가실 거야." 아이 어깨를 감싸안아 남편 쪽으로 이끌었다. "아빠……." 아이가 아빠 볼에 뽀뽀를 했다. 그이는 비명을 멈췄다. "하율아……." 미소지으며 머리를 쓰다듬은 게 그의 마지막 손길이었다.

장례식을 치르고 그 장면이 머릿속에 여러 번 떠올랐다.

그이는 고통 속에서 숨을 멈췄지만 고통만 있었던 건 아니라고 믿고 싶다. 어둠 속에서 들리는 아이의 목소리에 미소지었다. 빛이 있었다고 믿고 싶다.

03

김밥을 들고 뛰어갔던 날

집에서 김밥 가게까지 가려면 작은 공원을 가로질러야 한다. 가끔 그 길을 걸으면 심장이 뛰고 숨이 막힌다. 남편이 살아 있을 때, 그 길을 울면서 뛰어갔던 기억이 나서다.

그는 항암치료를 받으며 극심한 부작용에 시달렸다. 머리카락이 빠지고 손톱 끝이 갈라지고 피부에 염증이 생겼다. 가장 큰 문제는 입맛이 없어지고 입안이 온통 허는 것이었다. 항암치료는 체력이 버텨줘야 가능하다. 몸무게가 줄고 백혈구 수치가 떨어지면 의사는 항암제를 처방하지 않는다. 그에게 뭐라도 먹이고 싶었다. 일부러 안 먹는 것도 아닌데 내가 만든 음식을 못 먹으면 화가 났다. 텔레비전에 나오는 암 환자의 보호자는 온갖 자연 재료로 맛을 내는데 내 음식은 정성이 부족해 보였다. 항암 치료를 위한 음식 만들기 책도 몇 권 샀지만, 그 요리법대로 할 능력도 시간도 부족했다. 내가 요리를 잘한다면, 그에게 좀더 영양가 있고 맛있는 음식을 만들어줄 수 있다면, 그 음식을 먹고 힘을 낼 수 있지 않을까. 미안하고 미안한 마음이 들게 한 그가 원망스러웠다.

그나마 고기, 해삼구이, 가지나물, 버섯볶음, 시금치, 해독 주스는 만들 수 있었다. 하지만 그이는 치료 부작용이 심해지면서 음식을 점점 더 입에 대지 못했다.

어느 날 그이는 하루 종일 땀을 뻘뻘 흘리며 괴로워했다. 종일 아무것도 먹지 못한 채 해가 기울었다. 뭐라도 먹어야 하지 않느냐는 내 재촉에 그럼 김밥이라도 사오란다. 어두워진 저녁에 김밥을 사러 갔다. '이거라도 먹어. 먹고 조금이라도 힘 좀 내. 제발 그만 아프길…….' 그이에게 김밥을 빨리 갖다주려고 뛰다가 참았던 눈물이 터졌다. 입고 있던 야상 점퍼의 모자를 뒤집어쓰고 울었다. 그 옆에선 울 수 없으니까 길에서 다 울자. 울고 나니 조금 기운이 생겼다.

살아왔던 어느 날보다 그이가 아팠던 날들 동안 삶이 더 간절했다. 그가 조금이라도 더 먹었으면 했고, 통증이 덜해서 잠시라도 일어나 걸을 수 있기를 바랐다. 그가 아프기 전에는 아무렇지 않게 했던 일들을 조금이라도 다시 할 수 있기를 바랐다. 잠을 못 자 늘 피곤하고 신경이 곤두서 있으면서도 그랬다. 삶이 얼마나 간절해질 수 있는지 알게 되었다. 그가 내게 남겨준 큰 선물이다.

04

도망치고 싶었지

남편은 왼쪽 눈이 안 보인다고 했다. 그를 휠체어에 태우고 병원 안과 검사실로 갔지만 원인은 밝혀지지 않았다.

항암치료 담당 간호사에게 연락했더니, 전신 검사를 해야만 알 수 있다며 입원을 권했다. 남편을 입원시키고 시어머니에게 전화를 드리자 병원에 오셨다. 나는 하율이의 어린이집 하원 시간이라 집으로 왔다. 아이를 데려와 씻기고 저녁을 먹인 뒤 재웠다. 그이의 면도기, 이불, 속옷을 챙겼다. 매달 마감인 삽화를 그리고 스캔해서 컴퓨터 작업을 한 뒤 담당자에게 이메일을 보내고 나니 어느덧 새벽 4시였다.

지난 2년 동안 남편은 여러 차례 응급실에 실려갔고, 입원도 여러 번 했다. 그때마다 얼마 후 집에 돌아왔기에 이번에도 돌아올 수 있을 줄 알았다. 깜박 잠이 들었다가 전화벨 소리에 깼다. 수화기 너머로 들리는 어머님 목소리는 다급했다. "너 대체 어디 있니? 빨리 와!"

아이를 급하게 어린이집에 보내고 차를 몰아 병원으로 갔다. 남편이 초점 없는 눈으로 의사에게 소리를 지르고 있었는데, 그런 모습은 처음 보았다. 그이는 곧 기운을 잃고 잠들었다. 의사는 액시티닙 항암제에 내성이 생겼고 뇌에 부작용이 생길지 모르니 항암치료를 중단하라고 했다. 남편은 CT를 찍으러 갔다가 부서진 척추 때문에 몸을 펼 수 없어 검사 기계 안으로 들어가지 못하고 입원실로 돌아왔다. 의사는 나와 시어머니에게 마음의 준비를 하라고 말했다.

전날까지 의식이 있던 그이는 이제 거의 무의식 상태가 되었다. 가끔 내 목소리에 대답을 했지만 뇌에 암세포가 퍼진 탓인지 마약성 진통제 때문인지, 알아들을 수 없는 말을 했고 비명을 질렀다. 그이의 의식이 분명했던 순간에서 불분명해지는 불과 하루 사이, 나는 그의 곁에 없었다.

변명할 거리가 없는 건 아니다. 지난 2년간 나는 그이의 항암치료에 몹시 지쳐 있었다. 입원하기 전 한 달 동안은 갖

은 항암제 부작용, 검사와 치료 때문에 일주일에 몇 번씩 병원을 오갔다. 그이 간병을 해야 했고 어린 아들까지 돌보느라 잠 못 이루는 밤이 숱했다. 시어머님이 그이 옆에 있는 동안은 잠시라도 도망치고 싶었다. 모든 일을 제쳐두고 곁에 있어야 했는데, 그러질 못했다.

남편 동생이 하율이를 자기 집으로 데려가 동서에게 맡겼다. 그 후로는 그 옆을 지켰다. 그는 팔에 꽂힌 링거 속 모르핀이 효과를 발휘하면 잠들었고 효과가 떨어지면 고통스러운 비명을 질렀다. 통증은 갈수록 심해지고 그에 따라 모르핀 양도 늘었다. 간호사는 모르핀 양을 늘리면 통증은 줄

겠지만 의식을 잃게 될 거라고 말했다. 아프면서 깨어 있을
지, 잠들어 있다 죽을지 선택하라는 말처럼 들렸다. 그는 의
식이 돌아오면 몇 마디 말을 할 순 있어서 모르핀 양을 늘
릴지 말지 선택할 수 있었다. 그가 초점 없는 눈으로 말했
다. "항암제 갖다줘. 그거 먹고 집에 갈 거야." 항암제는 이
제 소용없다는 말이 차마 입 밖으로 나오지 않았다. "집에
가서 가져올게."

떨리는 손으로 핸들을 잡고 운전해 집으로 향했다. '여기
서 정신을 잃으면 교통사고로 죽는 거야. 그럼 아이는 누가
키워? 죽는 건 한순간이야.' 눈물이 앞을 가리지 않도록 나
쁜 생각을 지우려 애썼다. 30분쯤 지났을 때 시어머니한테
전화가 왔다. "얼른 돌아와!" 떨려서 더는 묻지 못한 채 핸
들을 틀었다. 돌아가면 병실에 어떤 장면이 펼쳐져 있을까?
제발 살아 있길. 남편은 한 시간 사이에 정신을 거의 잃었
다. 모르핀 양을 늘렸고 입에서는 말이 되지 못하는 소리들
이 새어나왔다. 악몽 같았다. 오빠…… 속으로는 그를 수없
이 불렀지만 입 밖으로는 아무 소리도 나오지 않았다. 이건
꿈이고 나는 꿈속에서 연기를 하는 배우 같았다. 시어머님
은 어서 하율이를 데려와야겠다고 하셨다.

아프기 전 남편은 똑똑하고 현실적이고 정신력이 강했다.

돌이킬 수 없다는 걸 알면서도 내게 항암제를 가져오라고 한 이유는 뭘까? 정말 항암제를 먹으면 다시 살 수 있을 거라 기대했을까? 확실한 건 그가 지옥 같은 통증 속에서도 살고 싶어했다는 것이다. 그토록 삶을 원했다.

05

죽기 보름 전에 찍은 가족사진

시어머니가 계시는 용인 집에는 그의 모습이 찍힌 사진 액자가 다섯 개 걸려 있다. 어머님이 주무시는 방 벽에는 어머님, 남편, 나, 하율이가 공원과 놀이동산에서 찍은 사진이 세 개 걸려 있고, 텔레비전 장식장 위에는 그이와 그이 동생이 초등학교, 중학교 시절 어깨동무하고 찍은 사진이 놓여 있다. 사진 속 그이는 부드러운 미소를 짓고 있고, 자신감 있어 보인다.

거실 벽에는 커다란 가족사진이 걸려 있다. 그이의 마흔한 번째 생일 사흘 전에 찍은 것이다. 이 모습을 남기고 보름 후 숨을 거뒀다.

어머님은 당신의 둘째 아들이 아들을 낳은 후부터, 가족 모두 함께 있는 사진을 찍고 싶다고 하셨다. 말씀은 안 하셨지만 큰아들의 생이 얼마 남지 않은 것을 알고 사진 촬영을 더 미룰 수 없다고 결심하신 듯했다. 그이 동생의 후배인 사진작가가 집까지 와서 촬영해주었다.

혼자 일어서지 못하는 남편이 힘들까봐 나는 촬영이 내키지 않았다. 하지만 어머님이 원하시니 어쩔 수 없었다. 간병과 육아, 살림으로 정신없이 지내다 촬영 전날 밤 그의 얼굴을 가만히 들여다보았다. 듬성듬성 자라난 머리카락을 바리캉으로 밀어주었다. 마르고 바랜 얼굴이 금방 사라질 듯 보였다. 그런 얼굴로 사진을 찍게 하고 싶진 않았다.

다음 날 아침, 마트에 가서 그에게 어울릴 만한 모자를 찾았다. 화려한 색은 안 되고 나이 들어 보이는 모자도 싫었다. 옆 동네 시장에도 가봤지만 적당한 게 없어 초조해졌다. 모자가 없으면 사진도 못 찍을 것 같았다. 미리 준비해놓을걸…… 나는 정말 무심하고 멍청하다. 아이가 다니는 어린이집 친구 엄마가 모자 회사에 다닌다는 게 생각나 전화를 걸었다. 사정을 말한 뒤 적당한 모자가 있는지 물었더니 다행히 검은색 베레모가 있다고 했다.

사진작가가 와서 거실에 흰색 배경을 만들고 촬영을 시

작했다. 나와 남편 동생이 걷기 힘든 그이를 부축해 의자에 앉혔다. 가족이 다 같이 찍고, 아이들끼리 따로 찍었다. 아무것도 모르는 하율이와 두 살 어린 사촌동생은 카메라 장비를 보며 재미있어했다.

우리 집에는 그 사진을 걸지 않았다. 보고 싶지 않아서다. 남편은 원래 키 180센티미터에 몸무게가 87킬로그램이었는데 2년간 항암치료를 받으면서 48킬로그램까지 줄었다. 사진 속 그이는 애써 미소 짓고 있다. 얼굴에 살이 없어 미소가 어색해 보인다. 억지로 뭘 하지 않는 사람인데 사진 속에선 웃고 있다. 사진을 찍을 당시에는 몰랐던 그의 표정을 장례식이 끝나고 사진을 받고서야 알게 되었다.

가족사진을 찍은 다음 날 남편은 눈이 잘 안 보인다고 말했다. 전날 사진을 찍을 때부터 그랬다고. 사진 속 그이는 평소 좋아하지 않던 검은색 모자를 쓰고 잘 보이지 않는 눈으로 애써 미소 짓고 있다. 그 마음을 생각하면 미안해서 사진을 볼 수 없다. 자신의 죽음을 느끼면서, 가족을 위해 마지막 힘을 다했구나.

나와 하율이가 자는 방 벽에 아이 돌 사진이 걸려 있다. 그이는 아이를 번쩍 안아올리고 나는 맞은편에서 손뼉을 친다. 모두 환하게 웃고 있다.

—

06

마지막 여행

하율이 유치원에서 가족사진을 가져오라고 했다. 수업 주제가 '가족'이다. 아이와 나 둘만 찍은 사진을 가져가면 앞에 나가 할 이야기도 적고 친구들이 아빠는 어디 있는지 물어보겠지. 아이가 '아빠는 돌아가셨어'라고 말할 수 있을까. 잘못한 것도 없는데 주눅들진 않을까. 나만 그렇게 생각하는 걸까.

그래서 아이가 외할머니와 찍은 사진, 친할머니와 찍은 사진을 고르고 남편 살아 있을 때 찍은 사진도 골랐다. 하율이가 두 살 때 그이는 신장암 수술을 했다. 그리고 네 살 때 숨을 멈췄다. 하율이가 아빠와 같이한 시간은 3년 4개

월 12일.

아이가 태어나고 남편은 집에서 그림 일을 하며 나와 함께 아이를 돌보고 살림을 했다. 사진 속 한 살 하율이는 아빠의 불룩한 배를 침대 삼아 잠이 들었다. 네 살 하율이는 서울대병원 로비에서 커다란 트리를 배경으로 휠체어를 탄 아빠와 브이자를 하고 있다. 그이는 많이 아팠는데도 아이와 찍은 사진 속에서는 늘 웃고 있다.

사진을 찍어줄 사람이 없어 세 식구가 같이 나온 사진은 드물다. 그중 속초에서 바다를 배경으로 찍은 사진이 있다.

그이가 1차 항암치료에 내성이 생겨 2차 항암치료를 시작한 늦여름이었다. 나는 바다에 가고 싶다고 그이를 졸랐다. 결혼하자마자 임신하고 아이를 낳고 그는 신장암을 수술하고……. 갑자기 많은 일이 생겨 여행은 꿈도 못 꿨다. 그때도 바다에 갈 형편은 안 됐지만 가고 싶었다. 매일 그가 죽을지 살지 걱정하기보다 지금 즐거운 시간을 함께 보내고 싶었다.

집에서 속초까지 남편이 운전을 했다. 세 시간 걸렸다. 그가 예약해놓은 펜션은 바닷가 모래사장 바로 앞이었다. 여름 성수기가 끝날 무렵이라 사람은 많지 않았다. 방에 짐을 내려놓고 해변으로 갔다. 바다를 처음 본 아이는 눈이 동그래졌다. 무섭다며 바다에는 못 들어가고 내 손을 잡고 파도에 발을 넣었다 뺐다 장난했다. 그이는 흐뭇하고 편안한 표정으로 우리를 바라보았다. 동네 모래 놀이터가 전부였던 아이는 넓은 모래사장을 보고 신이 나 한참 모래놀이를 했다.

다음날 시장 구경을 했다. 속초 닭강정이 유명하다고 해서 갔는데, 파는 곳을 금방 찾진 못했다. 차에서 아이가 울고 보채자 그는 우리더러 차에서 쉬라며 혼자 사러 갔다. 굉장히 피곤했을 텐데, 내가 말려도 소용없었다. 한참 뒤 그이는 닭강정 상자를 손에 들고 왔다. 숙소로 돌아와 세 식구 손에 양념을 잔뜩 묻히며 맛있게 먹었다. 아이를 재우고 노트북으로 영화 「변호인」을 봤다. 몇 년 만에 느끼는 일상적인 행복이었다.

셋째 날 워터파크에 갔다. 워터파크는 우리 부부도 난생처음이었다. 우리 형편엔 입장료가 꽤 비쌌다. 머릿속으로 돈 계산을 하며 망설이니까 그이가 여기까지 왔는데 좋게 놀자고 했다. 아이는 원래 물을 좋아했고 나 역시 물이 따뜻해서 좋았다. 그도 즐거워 보였다. 하지만 두 시간 만에 그이 컨디션이 갑자기 나빠졌다. 의자에 앉아 쉬고도 나아

지지 않아 숙소로 돌아가고 싶어했다. 나는 실망한 표정을 숨기지 못했다. 오랜만에 같이 즐거운 시간을 보내고 싶었는데 이마저 쉽지 않구나. 그는 아프다는데, 나는 놀지 못해 아쉬워했다. 우리는 워터파크에서 나와 숙소로 갔다.

그이는 다행히 컨디션이 좋아져 다음 날 운전을 할 수 있었다. 속초 동명항에 가서 구경하고 점심을 먹었다. 지나가는 관광객에게 부탁해서 가족사진을 찍었다. 그 사진이 바다를 배경으로 처음 우리 셋이 찍힌 사진이다. 나는 남편에게 빌린 빨간색 티셔츠를 입고 하율이를 안고 있다. 남편은 말라서 가늘고 긴 장대처럼 옆에 서 있다. 바람이 불어 머리카락이 날리고, 우린 웃고 있다.

우리 셋이 처음이자 마지막으로 함께였던 바다다.

집에 돌아와 그이와 여행 갔던 이야기를 여러 번 했다. 그의 장례식을 치르고 주말이면 차를 몰고 아이와 멀리 놀러 갔다. 에버랜드, 일산 수족관, 청평 사는 친구네 집, 어린이 동물원, 서울역사박물관, 예술의 전당, 홍대 상상마당, 대형 서점, 코엑스……. 집에 아이와 둘만 있는 게 답답하기도 했지만 그가 아팠던 집이 아닌 다른 장소에 가고 싶었다. 놀러 가는 곳마다 사진을 찍었다. 사진 속에는 아이랑 나, 둘이다.

지나간 시간 동안 많은 일이 있었지만 거의 기억에서 사라졌다. 사라지고 있다.

어떤 장면은 기억에 남고 어떤 장면은 사라질까? 반복되는 일상은 사라질 가능성이 크다. 기억에 남는 순간은 다른 장소, 특별한 사람, 마음 깊은 대화를 나눌 때 만들어진다.

똑같은 하루하루를 살다 보면 아무것도 기억에 남지 않는다. 몇 년의 시간이 스르르 가버린다. 한순간을 기억에 남기고 싶다면, 그만큼 특별한 장면을 만들어야 한다. 허무하게 사라지는 시간을 잡을 수 있는 방법은 그뿐이다. 잡고 싶은 특별한 순간은 나 혼자일 때가 아니라 우리일 때다.

07

수목장 편지

수목장에 술 냄새가 가득해. 빨갛고 노란 가짜 꽃들. 술 한 잔 받아. 살아 있을 때 내가 당신한테 술 많이 따라줬지. 이 술 받고 자유로워지길. 언젠가 나도 당신 있는 곳으로 갈 거야. 어디에도 존재하지 않는 곳으로.

당신 가고 2년 반 동안 생각이 많았어. 눈 감으면 함께한 날이 어제 같지만 시간을 세는 일이 다 무슨 소용인가 싶어. 내가 우주의 먼지듯이 평생은 찰나일 수 있어. 어디에 의미를 두느냐에 따라 삶이 달라져. 아무렇게나 살고 싶지만, 하율이를 돌볼 사람이 나밖에 없으니까 정신 차리고 살아야 해. 주위를 둘러보면 아무도 없는 것 같아. 그림을 그린다곤 하지만 능력이 없고 정해진 직업도 없는 데다 모아 놓은 돈도 없어. 아이를 키우려니 막막해.

당신은 애인이자 친구, 가족, 선배였는데 나는 그 모두를 한꺼번에 잃었어. 그동안 나는 화가 나고 슬프고 절망했어. 어떻게 살아야 할까? 혼자서 아이를 잘 키울 수 있을까? 당신은 왜 유언 한마디 안 남기고 떠났을까?

잠들지 못하는 밤이면 떠올라. 암병동의 풍경, 치료에 실패했다는 의사의 말, 눈을 맞으며 말없이 잡았던 손. 휠체어에 앉아 있던 당신, 많이 아프고 두려웠을 텐데 나한테 보일 수 없어 참았을 거야. 병원에서의 마지막 일주일이 제일 많이 생각나. 아파하는 당신, 정신을 잃으신 어머니 그리고 나와 어린 아들. 당신은 통증 때문에 거의 말을 못 했지만, 몇 마디라도 기억하려 했어. 떠올리면 금세 울게 되지만 잊고 싶지 않아. 이제 하율이를 키우려면 세상으로 나가야해. 친구를 사귀고, 사회에 소속되어야 하고, 엄마랑 남동생과도 정을 쌓고, 밥 벌어먹을 곳도 찾아야 한다고 생각했어. 하지만 그게 정말 내 모습일까? 아이를 낳기 전, 당신이 아프기 전 나는 어떤 사람이었는지 기억이 안 나. 아이는 내게 구속일까? 아니면 새로운 세상으로 나가라고 등을 떠미는 존재일까?

난 내가 아닌 다른 사람이 될 수 없어. 세상의 기준에 어긋난다 해도 내 뜻대로 살고 싶어. 아이에게 많은 것을 줄 순 없지만, 엄마 아빠가 있는 가족과 같을 순 없겠지만 한 가지만큼은 자신할 수 있어. 하율이를 많이 사랑해. 아이도 엄마의 사랑을 믿는다면 자신을 사랑하는 사람으로 클 수 있을 거야. 아니, 아직은 모르겠어. 내가 좋은 엄마가 될 수 있을까?

내 어머니가, 당신 어머니가, 나보다 세상을 더 오래 사신 분들이 내게 아이를 보고 살라고 말씀하셔. 당신이라면 어떻게 말했을까? '미희야, 너는 네가 생각하는 것보다 더 강한 사람이야'라고 했을 거야. 오래전부터 당신은 나를 믿었으니까.

당신이 내게 남긴 게 하나 더 있어. 그건 바로 죽는 순간의 모습이야. 나도 당신처럼 죽게 될 테니, 지금의 삶이 두렵지 않아. 언젠가 모든 것이 끝날 테니까. 아니 사실 두려워. 삶에 질질 끌려다니다 죽게 될까봐.

2장

가까이 있는 죽음

—

죽음을 대하는 태도는 결정할 수 있다

왜 지키지도 못할 약속을 강요했을까? 아프기 전의 남편은 자기가 뱉은 말은 지키는 사람이었다. 그런 사람이 하나의 약속을 못 지켰다. 그는 항암치료가 길어지면서 기력이 약해져 누워 지내는 시간이 많아졌다. 항암약은 몸의 암세포뿐만 아니라 모든 곳을 공격했다. 암성 통증으로 아프고 항암제 부작용으로 아팠다. 어느 날 아침밥을 먹으라고 그를 깨웠는데 기운이 없다며 조금 있다가 먹는다고 했다. 하지만 점심이 지나 저녁때가 다 되도록 일어나지 못했다.

그가 자고 있는 방에 들어가보니 얼굴이 하얗게 질려 움직이지 않아 기절한 것처럼 보였다. 숨은 쉬는 걸까? 갑자기 두려워 소리를 질렀다. "일어나 밥 먹으라고!" 천천히 눈을 뜬 그는 여기가 어딘지 모르는 눈빛이었다. 눈물이 흘렀다. "오빠, 그렇게 아무 말 없이 가면 안 돼! 나 두고 가면 안 돼!"

그는 그제야 선명해진 눈으로 나를 봤다. "알았어, 너 두고 안 갈 거야. 밥 가져와, 먹을게." 생과 사는 그도 어쩔 수 없는 일인데, 약속을 지키지 못할 그 마음이 어떨지 헤아리지 못했다.

항암치료를 시작할 때 의사는 항암제는 암세포가 번지는 속도를 늦출 따름이라고 했다. 완치는 불가능하여 치료를 하지 않으면 6개월, 하면 2년을 넘길 수 있을 거라고 했다. 그 말을 믿지 않았던 나는 인터넷에서 신장암 카페를 찾아 가입했다. 게시판에 글을 올린 분 중 남편과 같은 비투명 신세포암으로 항암치료 받으면서 4년 동안 살아 계신 분이 눈에 띄었다. 산증인이 있으니까 원래 건강했던 그도 4년은 버틸 수 있고, 4년이 지나면 또 신약이 나와 4년을 더 살고, 또 4년을 더 살고…… 그렇게 같이 늙어 갈 수 있을 거라 기대했다.

1차 항암제에 내성이 생겨 2차 항암치료를 시작할 때, 의사에게 질문을 쏟아냈다. 암에는 어떤 음식이 좋은지, 운동을 하는 게 좋은지, 2차에도 내성이 생기면 그다음은 어떻게 하면 되는지……. 질문이 한심하다는 표정으로 의사가 대답했다. "환자가 다음 예약 날짜에 오지 않아도 전 놀라지 않을 겁니다." 그 말에 나는 말문이 막혀버렸다. 한 달 안에 죽는다 해도 놀라지 않는다는 말이니까. 다행히 남편은 간호사와 다음 검사 예약 날짜를 잡고 있어서 의사의 말을 듣지 못했다. 의사는 그의 남은 수명을 예언했다.

그이와 나는 죽음에 대해 이야기한 적이 없다. 병원에 갈 때마다 의사가 나쁜 소식을 내놓아도 기적이 일어날 거라고 믿었다. 하지만 1차 항암제에 내성이 생겨 2차 임상항암제를 시작할 때, 척추뼈에 암세포가 퍼져 누워 있기만 한 날이 계속될 때, 그이가 죽을 수도 있다는 사실을 받아들였다. 그가 죽음을 말하기 전에 내가 먼저 말할 수는 없었다. 그는 자기 컴퓨터에 '죽기 전에 할 일'이라는 문서를 만들어놓았지만 그 일들을 하지 못했다. 그는 나와 함께한 14년 동안 온갖 사소한 이야기를 다 했는데, 죽음에 대한 이야기만은 하지 않았다. 내게 한 약속을 지키고 싶었기 때문일까. 나를 울게 만들고 싶지 않아서였을까. 그만큼 그는 외로웠을 것이다. 가장 가까운 사람에게조차 자신의 죽음에 대해 이야기할 수 없었으니.

사람들은 죽음에 대해 이야기하지 않는다. 그가 항암치료를 하는 동안 내가 읽은 책, 뉴스, 방송은 전부 암을 이겨낸 기적 같은 사람들의 이야기로 채워져 있었다. 항암제를 먹거나, 깊은 산속에 들어가거나, 생식을 먹고 살아났다. 0.01퍼센트의 기적이 있다면 그이에게도 일어나리라 믿었다.

그이와 나는 둘 다 가난한 집에서 어렵게 성장했다. 우리는 큰 성공은 못 했지만 하고 싶은 일을 하며 살았다. 그동안 노력에는 보상이 뒤따랐기에 이번에도 노력하면 암과 싸워서 이길 수 있을 거라 믿었다. 우리가 죽음에 대한 이야기를 나눴다면 그이는 덜 외롭지 않았을까. 유언이 있었다면 나는 그 말을 오래 간직할 수 있지 않았을까.

죽음에 대해 생각한다. 언제 어떻게 죽을지 모르고, 죽고 난 후 무엇이 남는지도 모른다. 죽은 뒤 아무것도 없다면, 삶은 어떤 의미를 가져야 할까? 죽음에 대해선 살아 있을 때 생각해놓아야 한다. 죽음에 임박해서 생각하긴 어렵다. 죽음을 피할 순 없지만 죽음을 대하는 태도는 결정할 수 있다.

09

같은 병을 겪는 사람들

신장암에 대한 정보가 필요해 인터넷을 뒤져 신장암 커뮤
니티 카페를 찾았다. 가입하려면 카페장에게 전화를 걸어
야만 했다. 가짜 약을 팔려고 가입하는 사기꾼이 많아 생긴
방침이라고 게시물에 적혀 있었다.

"여보세요, 카페 가입하려고 전화했어요."
"환자인가요? 가족인가요?"
쉰 목소리의 남자였다. 5년 넘게 신장암 치료를 하고 있
다는 글을 올리신 분 같았다.
"남편이 환자예요."

"환자분은 몇 살이죠? 어떤 일을 하시나요? 상태는 어때요?"

"서른아홉이고, 신장암이 전이돼서 3기…… 항암치료를 시작했어요. 그림 그리는 일을 하고 있고요."

"화가시구나. 멋지네요. 그림 많이 그려놓으셔야겠어요."

"네?"

비투명 세포는 예후가 좋지 않지만, 토리셀로 4년 넘게 치료 중인 환우가 있으니 힘내라는 이야기를 듣고 전화를 끊었다.

그림을 많이 그려놓으라는 말이 머릿속을 계속 맴돌았다. 그때는 남편의 병이 완치될 거라 확신했고, 앞으로 그림도 계속 그릴 수 있을 거라 믿었다. 하지만 "지금 많이 그려놓으라"는 말은, 끝이 멀지 않았다는 말처럼 들렸다. 불안이 떨쳐지지 않았지만 그래도 희망이 있다고 믿었다. 4년 넘게 생존한 환우가 있다 하지 않는가. 그때는 몰랐다. 살아 있는 4년 동안 얼마나 많은 항암제 부작용을 겪어야 했는지, 얼마나 아프고 외로워야 했는지.

밤마다 신장암 카페 게시글을 읽었다. 투명세포인 분 중에는 8년간 항암제를 복용하며 생존해 계신 어르신이 있었다. 귀농해서 부인과 함께 사는데 가끔 사진을 올리셨다. 농사짓는 사진, 꽃과 함께한 사진, 식사하는 사진……. 건강해 보이고 아내분도 행복해 보였다. 비록 남편의 암과는 종류가 달랐지만 그 사진을 보면서 희망을 가졌다.

남편과 같은 비투명 세포 중 4년 넘게 항암제를 드시는 분의 게시물은 드물게 올라왔다. 부작용으로 몸이 아프신 듯했다. 병이 길어지니 식구들도 냉담해지고, 어쩔 수 없는 걸 알지만 외롭다고 하셨다. 50대 여성분의 사진도 기억에 남는다. 5년 가까이 항암제를 먹었는데 이제 더는 치료할 방법이 없고 죽음이 가까이 온 걸 느낀다고 쓰셨다. 마지막으로 친구들과 여행을 떠나신 그분은 사진 속에서 항구를 배경으로 해맑게 웃고 계셨다.

항암치료를 3년 넘게 하시는 분들의 글에는 비슷한 부분이 있다. '살고 싶다'가 아니라 '오늘 행복하고 싶다. 사랑을 나누고 싶다'는 내용이었다. 부작용이 심하지 않은 하루 이틀을 소중하게 여긴다. 가족, 친구와 함께하는 기쁨을 이야기한다. 오랜 투병으로 외로워하기도 하지만 죽음의 고통이 강렬하게 잡아당길수록 삶의 의지는 더 빛나는 듯 보였다. 그분들은 죽음이 가까이 닥쳐왔을 때 오히려 의연했다.

10

거대한 상실감은 잘게 부순다

며칠 뒤가 남편의 기일이다. 2년이면 짧지 않은 시간인데 그동안 뭘 했는지 모르겠다. 첫해에는 일 년만 더 지나면 괜찮아질 줄 알았는데 그렇지 않다. 가끔 누군가와 이별에 관해 이야기를 나누다보면 비슷한 점을 발견한다. 첫해에는 다시 만날 수 있으리라 기대하지만, 몇 년 후 그건 꿈일 뿐이란 걸 깨닫는다.

버스 정류장에서 내리거나 옛 물건을 우연히 발견하는 순간 그가 없음을 자각하고 눈물을 쏟는다. 사랑하는 사람과 갑자기 헤어지면 뇌는 그 충격을 바로 받아들이지 못한다고 한다. 미국의 컬럼바인 고등학교 총기 난사 사건을 다

룬 『나는 가해자의 엄마입니다』라는 책에서 엄마 수 클리볼드는 아들의 장례식에 가기 전날 미용실에 들렀다. 여러 사람을 죽이고 자살한 아들의 장례식은 동네 사람들의 비난 속에서 어렵게 준비되었다. 그런 장례식에 가는데 머리 모양을 신경 쓰는 건 터무니없는 일 같아 보였다. 하지만 한참 뒤 수 클리볼드는 심리학 공부를 통해 알게 되었다. 뇌는 아들의 죽음이라는 거대한 고통 대신 머리 모양 같은 사소한 것에 신경을 쏟아 고통을 천천히 받아들인다는 걸. 한번에 받아들이기에 너무 큰 고통은 처음에는 다른 사소한 감정으로 대체된다. 그러다 시간이 흐르면서 받아들일 수 있을 때 진짜 고통이 된다. 이별의 슬픔도 그렇다. 처음에 실감하지 못했던 이별이 한참 뒤에야 현실이 되어 나를 울게 한다.

큰 고통은 가장 사랑했던 사람 때문에 받게 된다. 그만큼의 마음을 주었기 때문이다. 사랑은 시간을 들여서 그 사람을 지켜보는 일이다.

재작년 장례식을 치르고 잠을 잘 수 없었다. 밤이면 떠올리고 싶지 않은 장면이 모조리 떠올랐다. 그의 죽음으로 나의 절반도 땅에 묻혔다. 어둠 속에서 나는 아직 살아 있는 걸까? 그럴 때면 친구에게 전화를 했다. 결혼을 하지 않고 프리랜서였던 친구는 밤에도 곧잘 깨어 있었다.

시시콜콜한 이야기를 이어갔다. 어떤 말을 하고 싶다기보다 살아 있는 사람의 목소리가 듣고 싶었다. 시간이 흐르고 안정을 되찾으면서 친구를 덜 괴롭힐 수 있었다. '어느 날 너도 살아 있는 사람의 목소리가 듣고 싶다면 나한테 연락 줘'라고 말하고 싶지만 아마 그 친구가 나를 찾을 일은 없을 거다. 고독과 외로움은 다른 것이라고 한다. 고독은 혼자 있기를 원하고 그것에서 의미를 찾을 수 있는 반면 외로움은 어쩔 수 없이 혼자가 되어 무기력해지는 것이다. 고독은 좋은 것이고 외로움은 피해야 하는 것일까. 그 둘을 구분하기가 쉽지 않다. 지쳐 쓰러져 있을 때 혼자 힘으로 일어날 수 있는 사람이 몇이나 될까?

이별의 거대한 상실감을 받아들일 수 있는 크기로 잘게 부순다. 조금씩 상실을 인정한다. 누군가의 말 한 마디 한 마디로 다시 살고 싶다는 바람이 생겨난다.

11

남편 어머니로부터 온 편지

2년 전 집으로 손편지가 한 통 도착했다. 발신인의 이름이 낯설어 잠깐 누군가 싶었는데 시어머님이었다. 그이 장례식을 치르고 몇 개월이 지난 후였다. 편지 첫 문장은 "사랑하는 내 며느리 미희에게"로 시작했다. '가족끼리 오해가 있어도 풀고 이해하자. 어려운 일이 있으면 혼자라고 생각하지 말고 하율이 작은아빠나 나한테 상의해라. 마음 아프지만 하율이를 봐서라도 힘을 내라'라는 내용이 빼곡히 적혀 있었다.

그이가 정맥주사인 항암제 토리셀 치료를 받고 있을 때 시어머님은 매달 6일 정도 집에 와서 살림을 도와주셨다.

55

그렇게 거의 다섯 달을 와주셨다. 남편은 서울대병원에서 일주일에 한 번씩 치료를 받고 두 달에 한 번 전신 검사를 했다. 나도 병원에 같이 갔다. 그이가 항암제 부작용으로 고열이 나서 응급실에도 여러 번 갔다. 아이는 세 살밖에 안 되어 한참 손이 많이 갈 시기였다. 나는 매달 잡지에 삽화를 그렸고, 마감을 훌쩍 넘겨버린 단행본 삽화도 마무리 지어야 했다. 형편상 일을 그만둘 순 없어 늘 시간 부족에 시달렸다. 어쩔 수 없이 시어머님께 도움을 청했고, 당신 역시 식당 일이 생업이라 쉽지 않은 상황이었지만 별 말씀 없이 와주셨다.

시어머님은 마트에서 장을 봐서 여러 가지 음식을 만드셨다. 찬장의 그릇은 크기별로 정리하고 부족한 조리 도구를 채워넣으셨다. 매일 세탁기로 빨래를 돌리고 넌 다음 잘 개켜서 서랍에 정리하셨다. 삐뚤게 꽂힌 책장의 책을 다 빼고 높이에 맞춰 가지런히 하셨다. 살림이 서툴고 요리 솜씨도 투박한 나였는데, 그이의 투병으로 집안은 더 엉망이 되었고, 그 뒤치다꺼리는 고스란히 시어머니의 몫으로 돌아갔다.

어머님께 죄송한 마음이었지만, 당신 마음이 힘드시니까 일에 집중하시는 거겠지 하고 넘겨짚었다. 시어머님이 살림을 하시는 동안 나는 아이를 봤다. 사실 살림이 지겨운 마음도 있었다.

어느 날 시어머님이 화를 내셨다. "네가 하는 게 뭐 있니? 아침밥을 한번 차려줘봤니? 나 없을 때 아범 밥은 어떻게 챙기는지 모르겠다." 시어머님은 나에게 화가 나셨다기보다 당신 아들이 아픈 상황에 화가 나셨던 건지 모른다. 하지만 나 역시 어머님 마음을 헤아릴 여유가 없었다. "어머님이 그렇게 말씀하시면 꼭 저 때문에 하율이 아빠가 아픈 것 같잖아요!"라며 말대꾸를 했다. 그때 방에 누워 있던 그이가 아파서 일어나지도 못한 채 어머니에게 그러지 마시라며 내 편을 들었다. 어머님은 앞으로 너희 둘이 알아서 하라며 가방을 챙겨 밖으로 나가셨다. 뒤쫓아가서 죄송하다며 붙잡았는데 시어머님이 울음을 터뜨리셨다. 나도 같이 울고 싶었지만 눈물이 나지 않았다.

어머님은 댁으로 돌아가셨다. 얼마 후 어머님에게 전화가 걸려왔다. 그이가 너무 말라서 항암치료를 받기가 어려우니 당신 집으로 오면 몸에 좋은 음식들을 챙겨주겠노라 하셨다. 우리 집에서는 마트도 멀고 살림도 당신 살림이 아니라서 불편하다고 조심스레 말씀하셨다.

"엄마가 나한테 뭔가 해주고 싶으신가봐. 용인에 가 있을

게"라는 그의 말에, 떨어지는 게 싫지만서도 어쩌면 그 편이 나을 수도 있겠다고 생각했다. 내가 집에서 아이를 돌보며 간병까지 하는 데는 한계가 있었기 때문이다.

그는 열흘간 어머니 댁에 가 있었다. 좋은 음식을 한껏 만들어주셨지만 항암제 부작용으로 거의 못 먹었다. 어머님은 손주와 함께 있으라며 아들을 되돌려 보내셨다.

어머님은 마지막 가족사진을 찍기 전까지 우리 집에 오지 않으셨다. 그래도 그가 병원에 입원해 있을 때는 보호자로 계셔 주셨고, 마지막 숨을 거두기 일주일 전부터는 나와 함께 그의 곁을 지켰다.

장례식을 치른 뒤 나는 밤잠을 못 이뤄도 아이를 돌봐야 했기 때문에 낮에는 어떻게든 움직였다. 아이가 웃을 때 같이 웃고 먹을 때 같이 먹었다. 하지만 어머님은 그러지 못하셨다. 49재 때 어머님 댁에 가서 뵈니 안색이 많이 안 좋으셨다. 길에서 정신을 잃었다가 자동차가 발을 밟고 지나가는 사고를 당하셨다고 동서에게 전해 들었다.

그이가 항암치료를 받던 와중에는 어머님과 상처되는 말을 주고받았다. 그때는 둘 다 어쩔 수 없었다. 내가 미워서 탓을 하신 게 아니었을 거라고 믿고 싶다.

아직까지 답장을 쓰지 못했다. 명절, 생일, 기일 등에 여전히 어머님을 찾아 뵙고 어머님은 김치 담근 것을 챙겨주신다. 생일에 용돈도 주시고 그이 살아 있을 때처럼 대해주신다. 요즘은 집에 있는 게 힘들다며 식당 일을 다시 나가신다. 내가 어머니의 깊은 속을 알 순 없지만 기운을 차리려 애쓰시는 듯 보인다.

작년까지는 시어머님 댁에 남편 동생 식구들과 같이 모여도 다 말이 없고 하율이와 하율이 사촌동생을 보며 몇 마디 나누는 게 전부였지만, 올해는 다른 말들도 조금씩 주고받는다. 아이들을 보며 웃기도 하신다. 나는 앞으로도 어머님에게 손주가 커가는 모습을 보여드릴 것이다. 당신 아들을 닮은 손주를. 나는 그이를 만나 사랑받고 사랑할 수 있어서 행복했다. 그 사람을 낳아주신 어머니께 감사드린다.

12

—

나를 멀리 내다놓는다

그림책 전시회를 보러 하율이와 한남동 갤러리에 갔다. 그
림만 보고 집에 오려 했는데, 아이가 "나는 그림 재미없었
어. 엄마 보고 싶은 거만 보고. 집에 가기 싫어"라고 했다.
"그래, 오랜만에 서울까지 나왔으니 좀더 놀다 가자." 갤러리
에서 차를 타고 조금 가면 남산타워였다.

2년 전까지 이 동네에 남편 동생 부부와 조카가 살았다.
그이가 마지막으로 서울대병원에 입원해 있을 때, 아이를
며칠 동안 그 집에서 재웠다. 아이는 네 살까지 나와 떨어
져 잔 적이 한 번도 없고 그때가 처음이다. 동서에게 맡기던
날 아이한테 말했다. "아빠가 아프시니까 엄마가 아빠 옆에

있어야 해. 하율이는 라온이랑, 작은엄마랑 있을 수 있지? 엄마 내일 올게." 병실에서 남편은 통증 때문에 밤새 잠들지 못했다. 아파, 아파 하고 비명을 질렀다. 그 옆에 있던 나도 꼬박 밤을 새고, 다음날 낮에 잠깐 아이를 보러 갔다. 동서 말로는 아이가 낮에는 잘 놀다가 잠들기 전 엄마를 찾았다고 한다. 아이를 보니 긴장했던 마음이 녹아내렸다. 하룻밤 떨어져 있던 아이가 내게 더 매달렸다. 조카가 낮잠을 잔다고 해서 아이를 데리고 밖으로 나와 남산타워에 갔다.

7월 초였다. 웃고 있는 사람들 사이에서 케이블카를 탔다. 남편은 죽어가고 있는데 마누라는 놀러 갔다고 누군가 손가락질하지 않을까. 난 미치지 않으려고 그렇게 했다. 그이의 비명소리에 나도 죽을 것 같았다.

3년 만에 다시 간 남산타워는 여전했다. 케이블카를 탄 아이는 무서워서 내 손을 꼭 잡으면서도 유리창 아래의 풍경을 내려다보며 즐거워했다. 주차비에 입장료까지 비싸 전망대에 안 올라가려 했는데 아이가 꼭 가고 싶다고 졸랐다. 입장권을 끊고 우주 그림이 그려진 엘리베이터를 탔다. 전망대는 나도 그이와 연애할 때 한 번 가보고 이번이 두 번째였다. 서울 풍경이 한눈에 보였다. 아이는 재잘거리며 전망대를 돌았다. 500원을 넣어야 보이는 망원경에 돈을 넣어주었다.

"하율아, 저기 집이랑 자동차가 엄청 작아 보이지? 집이 저만하니까 사람은 도대체 얼마나 작은 거야? 저런 걸 보면 내가 지금 걱정하는 일이나 갖고 싶어하는 게 별게 아니라는 생각이 들어."

"그게 무슨 말이야?"

"그러니까 음…… 네가 갖고 싶어하는 장난감 자동차나 팽이는 사람보다 훨씬 작지. 저기 사는 아이들도 다 갖고 싶어하거나, 아니면 가졌다가 싫증나기도 했을 거야. 그러니까 지금은 장난감이 너한테 엄청 중요해 보이지만 멀리서 보면 그렇게 중요한 건 아니라는 얘기지."

"그럼 뭐가 중요한데?"

"글쎄? 엄마도 모르겠다."

"아, 알았다. 영혼이 중요한 거지. 사람은 죽으면 영혼이 남으니까."

영혼이라는 말을 어디서 배웠지? 작은 머릿속에 뭐가 들었는지 궁금했다. 아이가 자꾸 사탕을 먹고 싶다고 졸라서 막대사탕을 사줬다. 사탕을 먹으며 먼 풍경을 한참 바라봤다. 멀리서는 삶과 죽음도 자연 풍경처럼 보인다.

내 힘으로 어쩔 수 없는 괴로운 일이 생기면 사람이 많은 번화가로 간다. 산꼭대기나 전망대도 좋다. 생각에만 갇혀 있다가 밖으로 나가면 다른 사람들이 보인다. 이렇게 많은 사람에게 각자의 사연이 있겠지. 누군가를 사랑하고 헤어지고, 무언가를 바라고 좌절하고. 나를 많은 사람들 사이에 놓는다. 멀리서 보면 내 고통은 절대적인 것이 아니라 사람의 일 중 하나일 뿐이다. 남편이 아파할 때, 검사 결과를 기다릴 때, 아기가 짜증 내고 울 때, 마음을 다스리기 위해 나를 멀리 내다놓았다. 그리고 멀리 있는 나에게 묻는다. 너와 남편, 아기한테 필요한 게 뭐니? 지금 네가 어떤 일을 해야 하는지 생각해봐. 이제 그 일을 시작하는 거야.

13

—

죽음을 그린 그림책

그림책 서점에서 진행하는 〈꽃 잠: 죽음과 삶에 대한 그림책 이야기〉 워크숍에 다녀왔다. 그림책을 좋아하기도 하고, 모르는 사람들과 죽음에 대한 이야기를 나누고 싶어 신청했다. 가기 전에는 사람들이 죽음에 대한 이야기를 꺼려해서, 신청 미달로 워크숍이 취소될 수 있다고 생각했다. 하지만 그날 워크숍에 가보니 의자가 모자랄 정도로 사람이 꽉 차 있었다. 보조 의자까지 세팅되자 선생님께서 『고요한 나라를 찾아서』라는 그림책을 읽어주셨다. 어린 남매가 돌아가신 아빠를 상상의 세계에서 만나는 내용이었다. 나도 전부터 남편과 아이에 대한 그림책을 만들고 싶었다.

아이는 자주 물어봤다. 아빠는 왜 돌아가셨어? 다시 만날 수는 없는 거야? 하늘나라는 진짜 있는 거 맞지? 그 대답으로 죽음에 관한 그림책을 만들고 싶었다. 이야기를 쓰고 스케치도 해봤지만 잘 되지 않았다. 아마도 사별의 슬픔에서 벗어나지 못해 죽음을 제대로 표현할 수 없기 때문이겠지.

선생님이 워크숍에 모인 사람들에게 빈 카드를 나눠주셨다. 카드에 각자 기억에 남는 죽음을 적되 이름은 쓰지 말고 달라고 하셨다. 선생님은 참가자들에게 받은 카드를 하나씩 읽어주셨다. 할머니의 죽음, 친구의 죽음, 세월호의 죽음이 적혀 있었다. "3년 전 남편이 암으로 숨을 멈췄습니다. 낮에는 어린 아들을 보며 웃기도 하지만 밤에는 잠이 오지 않습니다. 죽기 전에 남편이 많이 아파했는데 그 모습이 자꾸 떠오릅니다. 보고 싶습니다." 내가 쓴 글을 다른 사람의 목소리로 들으니 갑자기 눈물이 났다. 나와 그를 아는 사람들 앞에선 울지 못했는데 모르는 이들 앞에선 흘러나왔다. 다시 만나지 않을 사람들 앞이니 약한 모습을 보여도 된다고 생각했을까.

선생님이 A4 용지를 나눠주셨다. 자신이 원하는 장례식의 모습을 그리고 그림으로 부족한 내용은 글로 적으라고 하셨다. 이번에는 각자 자신이 그리고 쓴 것을 설명했다. 어머니가 요양원에 오래 누워 계신다는 분은 장례식을 위해서 평소에 그분이 좋아하시는 게 뭔지 하나씩 찾아놓아야겠다고 했다. 20대의 젊은 학생은 자기 장례식에 가까운 사람들만 함께해 음악을 틀어놓고 이야기를 나눴으면 좋겠다고 했다. 워크숍에 모인 사람들 모두 기존의 획일화된 장례식이 아닌 개인적이고 즐거운 장례식을 원했다. 사랑하는 사람이 죽었는데 과연 즐거울 수 있을까? 나이가 많이 들어 죽으면 그럴 수도 있을까 궁금했다. 내가 살 만큼 살다 죽는다면 사랑하는 사람들이 내 장례식에 모여 나를 생각하고 웃으며 이야기 나눴으면 좋겠다. 그러기 위해서는 나를 사랑하는 사람이 있어야 할 텐데, 어떤 사람들과 사랑을 나눌까. 고립되어 아이만 바라보고 있어서는 안 된다. 다른 사람들을 만나야 한다. 즐거운 장례식을 위해서라도.

워크숍이 끝날 시간이 되어 선생님은 프리지어 꽃말이 새로운 시작이에요, 라면서 꽃을 나눠주셨다. 장례업에 30년째 종사하고 계신다는 어르신이 내 옆에 앉아 계셨는데 자기 꽃을 나에게 주셨다. 집에 와서 프리지어 다발을 남편의 그림 아래에 꽂아두었다. 예쁘다.

3장

나를 낳아주고 길러주고
울게 한 부모님들

—

두 명의 엄마

아이를 혼자 키우게 되면서 고민이 많아졌다. 남다른 가정
에서 자란 나는 엄마가 두 명이다. 아홉 살까진 친엄마와
살다가 그 후 새엄마, 친아빠와 살았다. 아빠는 알코올중독
이었다. 일은 하지 않고 술주정으로 아내와 자식들을 밤새
못 자게 했다. 새엄마가 미싱사로 일하면서 가족을 먹여 살
렸다. 일과 살림으로 바쁘고 남편의 술주정 때문에 잠을 못
이뤘던 새엄마는 늘 피곤해 보이고 화가 난 표정이었다. 그
래서 나는 부모를 좋아할 수가 없었다. 친엄마는 떠났고, 아
빠는 무책임하고, 새엄마는 나를 좋아하지 않는다고 생각
했다. 그런 어린 시절을 보낸 내가 이제 엄마가 되었다. 따뜻

하고 안정적인 가정을 가져본 적이 없는데 어떻게 잘할 수 있을까. 그것도 혼자서?

사별 전까진 두 엄마에 대한 생각을 거의 안 하다가 아이를 혼자 키우게 되면서 옛 기억들이 떠올랐다. 왜 친엄마는 나를 아빠에게 보낸 걸까? 왜 새엄마는 친딸이 아닌 나를 키우셨을까? 내 엄마로서가 아니라 인간으로서, 여자로서 두 분 인생을 생각해본다.

친엄마에 대한 기억은 거의 없다. 초등학교 생활기록부를 보면 3학년까지 1년에 한 번씩 전학을 다녔다. 친엄마는 일할 곳을 찾아 이사를 다니셨던 걸까? 단편적인 장면만 기억난다. 친엄마가 붕어빵을 파는 골목으로 동생 손을 잡고 갔다. 엄마의 장사가 끝나면 남은 붕어빵을 집에 가지고 와서 같이 먹었다. 그 외에는 어떤 일을 하셨는지 잘 모르겠다. 두 명의 아저씨가 기억난다. 정육점 아저씨와 한동안 같이 살았다. 아저씨가 나와 내 동생에게 자신을 아빠라고 부르라고 했다. 나와 동생은 대형 냉장고 위에 이불을 깔고 잠을 잤다. 냉장고 아래 작은 방에서 엄마와 아저씨가 밤새도록 싸우는 소리가 들렸다. 나와 동생은 몰래 울면서 잠들었다. 두 분은 얼마 안 가 헤어지셨다.

어느 날 밤 모르는 아저씨가 단칸방으로 귤을 잔뜩 사오셨다. 귤을 원 없이 먹은 건 이때가 처음이었다. 다 먹고 나서 나와 동생은 다락방에서 잠들었다. 그 당시 엄마는 립스틱을 진하게 바르고 오후에 일한다고 나가셨다. 친엄마가 가난하지 않았더라면 나와 동생을 아빠에게 보내지 않았겠지. 나를 미워했다고 생각하기보다는 가난 때문이었다고 생각하는 것이 마음 편하다.

열 살 때 처음 만난 새엄마는 큰아버지가 운영하는 봉제 공장에서 미싱사로 일하고 계셨다. 아빠는 늘 술에 취해 있었다. 떴다방을 하셨는데 세 번인가 망하고 집 밖으로 거의 안 나가셨다. 나와 동생은 새엄마의 월급으로 먹고 자고 학교에 갔다. 친엄마가 양육을 포기하자 새엄마가 우리를 거두었다. 새엄마가 어떤 마음이었는지 모르겠다. 말도 거의 없으셨고 웃는 얼굴을 본 적이 없기 때문이다.

내가 스물세 살 때, 새엄마와 아빠는 이혼하셨다. 그즈음 어느 날 밤, 엄마와 나는 처음으로 술집에서 같이 맥주를 마셨다. 엄마의 취한 모습은 처음이었다.

"나랑 같이 살고 싶으면 살아도 돼."

"같이 살고 싶어요." 나는 따로 갈 곳이 없었다. 취한 기분에 엄마에게 그동안 궁금했던 걸 물었다.

"엄마는 왜 아이 안 낳았어요?"

"너네 키우느라 그랬지."

　친엄마와 새엄마, 두 분은 행복하셨을까? 아니 행복한 순간이 있기나 했을까? 친엄마는 자기 삶을 찾기 위해 자식 둘과 절연했고, 새엄마는 남의 자식을 위해 희생하며 사셨다. 나는 두 엄마와는 다른 삶을 살고 싶다. 두 엄마는 당신들이 선택한 삶을 살았다기보다 어쩔 수 없이 주어진 삶을 사셨던 건지도 모른다. 나에겐 다른 선택지가 있길 바란다. 그러기 위해서는 주어진 길이 아닌, 내 길을 찾아나서야 한다.

15

―

고립된 섬, 우리 가족

아빠는 떴다방에서 사회를 보셨다. 그러다가 직접 판을 벌이셨는데 당신은 그 일을 '사업'이라 부르셨다. 이런 말을 자주 하셨다. 내가 이번 사업만 잘되면 3000만 원 갖다줄게. 엄마는 3000만 원 필요 없고 한 달에 30만 원씩이라도 성실히 가져오라고 하셨다. 아빠는 이틀에 한 번꼴로 술을 드시다가 어느덧 매일 술을 드셨다. 그 시절 아빠와 엄마, 나, 동생은 단칸방에 살았다. 2층 빨간 벽돌집 1층 거실을 지나 미닫이문이 달린 방이었다. 텔레비전 장 하나, 서랍장 하나를 놓고 네 식구가 누우면 방이 가득 찼다. 아빠는 술을 드시면 주정이 심했다. 아빠와 엄마는 늘 싸우셨는데 나와 동생은 밤 9시가 되면 잠을 자야 했다. 9시에 깜박 잠들었다가도 싸우는 소리에 깨곤 했지만 눈은 절대 뜨면 안 됐다. 이불 속에서 동생의 손을 잡고 자는 척을 했다.

엄마가 봉제 공장에서 미싱을 돌려 받은 월급으로 단칸방에서 방 두 칸짜리 집으로 옮길 수 있었다. 내가 중3 때 아빠는 말씀하셨다. "실업계 고등학교 가서 얼른 취직해라. 여자는 공부 잘하는 거 다 필요 없어. 너는 정이 너무 없는 애야. 여자는 정이 있어야지." 술 취해서 하신 말씀은 거의 기억이 안 나는데 멀쩡한 정신으로 하신 이 말씀만은 기억난다. 나를 인문계 고등학교와 대학에 보내주신 분은 엄마

였다.

고등학생이 됐을 무렵 아빠의 술주정은 더 심해졌다. 술을 안 드셨을 때도 취한 사람의 눈빛이었다. 방에는 늘 빈 소주병 서너 개가 있었고 옆엔 김치와 젓가락이 놓여 있었다. 술에 취하시면 엄마와 나, 동생을 불러 끝나지 않을 것 같은 이야기를 이어가셨다. 엄마는 밤새 아빠의 술주정과 싸우다가 한숨도 못 잔 채 출근하는 날이 많았다. 아빠는 엄마가 일하러 가시면 오전엔 주무시다가 오후에 일어나 소주를 사오셨다. 돈이 없어 엄마의 지갑을 뒤지거나 동전통을 털어 술을 사셨다. 엄마가 지갑을 숨기기라도 하면 벌컥 화를 내셨다. 나는 학교 수업이 끝나면 도서관에서 밤 12시까지 있었다. 집에 오면 방에 들어가자마자 문을 닫았고, 동생은 친구네 집에서 자곤 했다. 아빠와 한방을 쓰는 엄마는 술주정 때문에 뜬눈으로 밤을 새야 했고, 나는 옆방에서 부모님이 싸우시는 소리가 나를 무너뜨리지 못하도록 이불을 뒤집어쓰고 있었다. 엄마 혼자 전쟁터에 내보낸 것 같아 미안했지만 나라도 살아야 한다고 생각했다.

아빠가 다른 때보다 더 많이 취할 날이 있었다. 지하 같은 생활 속에서도 참을 수 있었던 건 폭력이 없었기 때문인데, 그날은 엄마를 때렸다. 부엌 창문을 부수고 식칼을 들었다. 남동생이 칼을 든 아빠의 팔을 잡았는데, 더 큰일이 날 것만 같아 나는 둘을 말리고 남동생을 밖으로 내보냈다. 아빠는 그나마 나에게는 조금 온순하셨기 때문이다. 인사불성인 아빠의 팔을 잡고 파출소에 갔다.

"아빠가 엄마를 때렸어요. 집을 다 부수고 칼을 들었어요. 유치장에 넣어주세요."

"네가 맞았니?"

"아니요, 엄마가요."

"그럼 엄마가 와서 신고를 해야 한단다."

"제가 딸인데, 딸이 아빠를 신고하는 것도 안 되나요?"

"그럼 엄마한테 같이 가보자."

그렇게 해서 나와 아빠, 경찰은 우리 집으로 갔다. 엄마는 경찰에게 당신은 맞은 적이 없다고 거짓말을 하셨다. 소문이 나는 게 두려우셨기 때문일까. 경찰은 그냥 돌아갔다. 우리 가족을 도와줄 사람은 아무도 없다는 걸 알았다. 아빠는 기운이 빠져 새벽 해가 떠오르자 잠이 드셨다. 나는 점점 가족에게 지쳐갔다.

―

16

30년 넘게 미싱을 돌린다는 건

집에서 5분 거리의 주택 반지하의 봉제 공장에서 엄마는 미싱사로 일하셨다. 큰아버지가 사장이면서 재단일을 하셨고, 큰엄마는 미싱사 반장이셨다. 엄마는 일 하시다가 나와 동생의 저녁밥을 챙겨주러 집에 오셨다. 그리고 다시 일하러 가시곤 했다. 그때 엄마 나이가 스물일곱이었다는 건 내가 스무 살이 넘어서야 알았다. 스물일곱에 열 살, 여덟 살 자식 둘이 갑자기 생긴 거다. 엄마는 그로부터 30년 넘게 미싱사로 일하고 계신다.

대학 1학년 여름방학 때 나는 엄마가 일하시는 봉제 공장에서 아르바이트를 했다. 쪽가위로 실밥을 자르고 옷을 정리하는 일이었다. 반나절 일했을 뿐인데, 미싱 돌아가는 소리와 먼지 때문에 답답했다.

엄마의 미싱 작업대는 개인 책상처럼 독립된 것이 아니라, 여러 작업대가 길게 연결되어 있었다. 등 뒤엔 바로 벽이 있고 앞에는 작업대가 있어 화장실에 가려면 작업대를 문처럼 열고 나와야 했다. 엄마는 아침 9시부터 밤 9시까지 일하셨다. 쉬는 날은 일요일 하루고 공휴일에도 출근하셨다. 그런 덕분인지 실력이 차곡차곡 쌓여 어느덧 디자이너의 샘플 옷을 만들기도 하셨다. 가끔 집에 장식 많은 재킷이나 패턴이 들어간 블라우스 등 샘플 옷을 가져오셨다. 큰엄마 역시 미싱사였기에 동갑내기 사촌동생과 나는 같은 모양의 점퍼를 겨우내 입고 다니기도 했다.

내가 열두 살 때, 아빠의 떴다방은 중고차 한 대와 빚만 남기고 망했다. 엄마의 월급봉투에서 우리 생활비와 교육비, 아빠의 술값까지 나왔다.

친엄마는 가난 때문에 나와 동생을 키우지 못하고 떠나셨지만, 새엄마는 우리를 키워주셨다. 그 차이가 뭘까? 사랑, 책임감, 의무감? 친엄마는 나를 사랑하지 않고 새엄마는 나를 사랑했을까? 잘 모르겠다. 내가 알고 있는 건 새엄마가 30년 넘게 미싱을 돌렸다는 것뿐이다.

김금희의 소설 『경애의 마음』을 읽는데 미싱에 관한 이야기가 나왔다. 난 엄마가 가족들 때문에 30년 넘게 같은 일을 하시는 게 답답했는데, 책에서는 미싱이 인간다워지기 위해 옷을 만드는 일이라고 설명했다.

　　"우리가 혼자 살면 옷 안 입어도 됩니다. 그런데 옷을 입는다는 건 어딜 나간다는 거고 누굴 만난다는 거고 그렇게 해서 인간이 된다는 거잖습니까. 인간다워지라고 미싱을 돌린다고 생각한단 말이에요."

　　엄마가 단지 가족들 때문에 오랜 시간 미싱을 돌리신 건 아닐지 모른다. 사람들에게 옷 만들어주는 일을 좋아하셨을 수도 있다. 엄마에게 옷을 만드는 일은 사회와 연결되는 통로였다. 친엄마에겐 없던 '일'이 새엄마에게는 있었다. '일'은 한 사람의 자존과 가족에게까지 중요한 역할을 한다. 나는 엄마의 미싱으로 컸다.

17

정을 줘야 살 수 있어

내가 고등학생 때 엄마가 집에 작고 하얀 강아지를 데려오셨다. 일하러 나가실 때나 퇴근해서 들어올 때면 엄마는 강아지부터 찾고 끌어안으셨다. 나를 볼 때는 무표정이었던 얼굴이 강아지를 볼 때는 환해졌다. 남편은 백수 술꾼으로 집에 누워 있고 딸은 입 꾹 다물고 있으니 엄마가 정을 줄 대상은 강아지밖에 없었으리라.

엄마가 출근하시고 내가 학교에 가면 아빠는 집에서 혼자 소주를 드셨다. 그런데 낮에 강아지가 많이 짖었던 모양인지 아빠는 퇴근하고 밤에 들어오는 엄마에게 시끄러우니까 강아지 좀 갖다 버리라고 밤새 술주정을 하셨다. 이튿날 출근 전에 엄마는 강아지를 다락방에 가둬놓았다. 그곳에서 강아지는 더 크게 컹컹거렸다.

어느 날 퇴근해서 온 엄마는 강아지가 없어진 걸 발견하셨다. 취해 있던 아빠한테 물으셨다.

"강아지 어디 있어요?"

"시끄러워서 잡아먹었다, 왜? 자기 남편은 밥도 안 챙겨주고 개새끼 밥만 챙겨주고. 그래서 잡아먹었다."

아빠는 방구석에 놓인 검은 봉지를 가리켰고 그 안에는 작고 하얀 뼈들이 있었다. 그때 나는 아빠의 말을 믿지 않았다. 어떻게 사람이 그럴 수 있지? 저 뼈들은 진짜일까?

그날 이후로 엄마는 말씀이 없으셨다. 엄마가 아빠에게 갖고 있던 아주 작은 동정심, 옅게 남아 있던 정, 희망 같은 것이 그 일로 인해 전부 사라진 듯했다. 2년 후에 엄마는 당신이 번 돈으로 마련한 월셋집 보증금을 빼서 아버지에게 얼마를 주고는 집을 나오셨다. 그리고 다시는 찾지 않겠다는 약속을 받아내셨다.

엄마는 10년이 넘는 시간 동안 아빠의 술주정과 무책임을 견디다가 강아지의 죽음으로 더 이상 희망이 없다고 생각하셨을 것이다. 엄마는 최근까지 고양이 세 마리를 키우셨는데, 재작년에 노화로 두 마리가 죽었다. 그러자 '사랑'이라는 이름의 하얀 강아지를 키우기 시작했다. 가끔 사람보다 동물을 더 좋아하시는 것 같다. 아마도 외로운 긴 세월을 버티게 해준 건 동물에게 쏟은 정이 아닐까. 정을 받지 못해도 살 순 있지만, 정을 안 주고 살기는 어렵다.

18

미워할 수도 좋아할 수도 없는 사람, 아빠

나는 엄마를 따라 장위동의 반지하보다 더 깊은 방 두 칸
짜리 집으로 이사했다. 방 창문이 천장 가까이 붙어 있고
햇볕은 낮에 아주 잠깐 동안만 들어왔다. 화장실에 가려면
계단을 올라 지상으로 가야 했다. 그래도 처음으로 조용한
집에 살게 되어 좋았다. 밤에 부모님이 싸우실까봐 불안해
하지 않아도 괜찮았다.

학교 작업실에 있던 어느날 밤, 엄마가 떨리는 목소리로
전화를 걸어왔다.

"네 아빠가 취해서 우리 집 거실에 있어. 오늘 집에 들어
오지 말고 친구네 집에서 자."

"우리 집을 어떻게 알았대요?"

"등본 보고 알았대. 주소를 옮기는 게 아니었는데."

"엄마는 어디서 주무시려고요?"

"친구네서 잘 거야. 나중에 다시 전화할게."

이틀 뒤 낮에 몰래 집에 가봤다. 현관 창문은 깨져 있고 거실 바닥은 발자국으로 지저분했다. 혹시 아빠가 근처에 계신 건 아닐까 싶어 얼른 밖으로 나왔다. 가슴이 두근거렸다. 며칠 뒤 엄마한테 전화가 왔다.

"큰길에 있는 윤미용실 알지? 거기 2층으로 이사했어. 짐은 다 옮겼고 내일 저녁에 그 집 앞에서 보자."

어떻게 일주일 만에 이사를 할 수 있었는지, 엄마는 이혼하시고 더 결단력 있는 사람이 된 듯했다.

그로부터 4년이 흐른 뒤, 이른 새벽 경찰에게 전화가 왔다.

"김미희씨죠? 김무한씨 아시나요? 지갑에서 전화번호가 나와 연락드립니다."

"제가 딸인데. 무슨 일이시죠?"

"아버님이 길에 쓰러져 계셨어요. 지금 응급실에 계시는데 따님이 와서 확인하셔야 합니다."

나는 잠이 덜 깨 경찰의 말을 바로 알아듣지 못했다.

"아빠하고 연락 끊은 지 거의 10년 돼가요. 제가 병원에 갈 이유가 없어요."

"아버님께서 의식이 없어요. 가족이 와서 결정해야 할 일이 있습니다."

전화기 너머로 경찰의 한숨 소리가 들려왔다.

응급실 앞에 경찰과 의사가 기다리고 있었다. 서류를 들고 있던 의사가 말했다.

"수술하면 살 확률이 있어요. 하지만 뇌 손상 때문에 몸을 움직일 수는 없을 겁니다. 수술 안 하시면 곧바로 돌아가십니다."

"그럼 수술하면 살 수 있지만 일어날 수는 없다는 얘긴가요?"

"정확히 어떨 거라고 말씀드릴 순 없습니다."

머릿속이 복잡해졌다. 서명을 망설이자 경찰과 의사는 나를 범죄자 보듯이 했다. 책임감과 죄책감이 나를 옥죄었다. 수술 동의서에 서명하고 밖으로 나와 끊었던 담배를 다시 피웠다. 몇 년 뒤 호스피스 관련 책을 보고 그때 의사가 내민 서류가 어떤 내용인지 알게 되었다. 의식불명 시 기도 삽관에 동의하는 서류였다.

아빠는 일주일 동안 의식 없이 누워 계셨다. 나는 하루에 한 번 병원에 가서 아빠 얼굴을 보았다. 처음으로 평온

해 보이셨다. 남동생은 딱 한 번 왔고 엄마는 장례식이 끝날 때까지 오지 않으셨다.

"네 아빠가 우리 집 와서도 주정 많이 하고 갔다. 그래도 너 위해서 바로 하늘로 간 거야. 마지막까지 너 힘들게 안 하려고."

장례식에 온 큰어머니의 말씀이었다. 아빠는 과연 마지막에는 선한 사람이었던 걸까. 솔직히 두려웠다. 그가 뇌사 상태에 빠져 내 삶이 망가질까봐.

아빠의 장례식엔 내 친구들과 남동생 친구들이 왔다. 고인을 보러 온 문상객은 거의 없었다. 큰어머니가 성당에 연락해서 성당 사람들 세 팀이 차례로 와 기도와 성가를 부르고 가셨다. 그 소리가 듣고 싶지 않았지만 말하지 못했다. 입을 열면 벌레가 나올 것만 같았다. 장례식 내내 울지 않다가 화장터에 관을 넣을 때 갑자기 눈물이 터졌다.

"아빠, 이렇게 돌아가실 거면서, 이렇게 허무하게 가실 거면서 왜 그렇게 우리를 괴롭히셨나요? 왜 내 어린 시절을 다 망가뜨리셨나요? 그깟 술을 왜 못 끊으셨나요?"

아버지의 삶이 불쌍했고 어린 시절의 내가 불쌍했다.

병원에 있을 때 경찰이 아빠의 점퍼 주머니에서 찾았다며 지갑을 주었다. 장례식이 끝나고 그 지갑 속을 살펴봤다. 내 전화번호와 어릴 적 사진이 있었다. 얼굴이 작게 나온 사진을 확대해서 희미하게 뭉개진 모습이었다. 사진 속의 나는 무표정한 채로 먼 하늘을 보고 있었다. 아빠는 지갑 속 내 사진을 가끔 꺼내 보셨을까? 술에 취하지 않았을 때 아빠는 여리고 착한 사람이었다. 슬픈 드라마를 보면 우셨고 재밌는 이야기로 사람들을 웃기셨다. 김치찌개와 냉면을 맛있게 만들어주었고, 계곡에 몇 번 같이 놀러 간 기억도 있다.

지갑에서 나온 종이에 고시원 주소와 방 번호가 있었다. 찾아가보니 엄마와 내가 사는 집에서 두 골목 떨어져 있는 곳이었다. 몇 년 전 엄마와 나를 찾으러 왔다가 우리가 이사를 해버리자 그 근방 고시원에 자리를 잡으신 듯했다.

고시원은 생전 처음 가봤다. 방 번호가 적힌 문 앞에서 심호흡을 한 번 하고 문을 열었다. 사람 하나 누울 공간에 침대가 있고 발치께 벽에 선반이 있었다. 책상으로 쓰였던지 공책이 한 권 있었다. 공책에는 시와 일기가 적혀 있었다. 공공근로를 한 날짜와 시간도 적혀 있었다. 아빠는 같이 살 때도 취해서 공책에 뭔가를 적곤 하셨다. 위 칸 선반에는 낡은 전기밥통이 있었고, 침대 옆 벽에는 점퍼와 야구모자가 걸려 있었다. 이불은 지금 막 사람이 빠져나온 모양이었다. 짐은 그게 전부였다. 한 사람의 생이 허무하게 느껴졌다. 왜 그렇게 살다가 돌아가셨는지, 왜 다시 우리 모녀를 찾았는지, 추운 새벽에 왜 천변을 걷다가 그 자리에 누우셨는지, 나는 이해하지 못한다. 다만 하나하나 기억 속에 각인되어 있다. 난 그분의 일부에서 삶을 시작했다. 이젠 이해할 수 없는 일 중에 어떤 것은 그대로 놔둔다.

새엄마 덕분에 우리가 학교에 다닐 수 있었는데도 아빠는 엄마를 괴롭히고 착취했다. 아빠의 존재가 나와 새엄마의 연결점이라 나는 늘 애매한 처지였다. 엄마 눈치를 살피고, 아빠가 엄마를 화나게 하지 않기를 바랐다. 중학생이 되면서 남동생과도 멀어졌다. 단짝 친구는 없었고 몇몇과 어울려 다녔다. 나는 본능적으로 가족, 친구들과 거리를 뒀다. 내가 타인을 대하는 이런 방식은 가정환경에서 비롯된 왜곡된 모습일까? 나는 외롭게 늙어 혼자 죽을까? 남편을 먼저 떠나보내고 인간관계에 대해서 처음부터 다시 생각하게 되었다.

4장

사랑, 결혼, 그리고 꿈

오늘 남편의 컴퓨터를 켜고

오늘 남편의 컴퓨터를 켜고 파일들을 정리했다. 그 안엔 사진이 잔뜩 있다. 연애를 11년 했으니 내 젊은 시절 모습이 그 안에 다 들어 있다. 내 사진을 찍어준 사람은 그이밖에 없구나, 우리 참 행복했지, 내가 이렇게 예뻤나. 지난 시간을 회상했다.

그와 나는 둘 다 집이 가난해 대학을 어렵게 다녔다. 그는 4년 내내 장학금으로 다녔고, 나는 학자금 융자에다 아르바이트 수입을 보태서 다녔다. 4학년 가을로 기억된다. 졸업하면 취직해서 돈을 벌 수 있겠지 하는 생각에. 마음이 조금 홀가분했다.

그때 둘이 처음으로 영종도에 놀러 갔다. 지하철 타고, 배 타고 도착하니 늦은 저녁이라 배가 몹시 고팠다. 해변을 따라 늘어선 횟집 중 한 곳에 들어갔는데, 벽에 붙은 메뉴판의 회 가격이 우리 형편에 안 맞게 너무 비쌌다. 가자, 내가 그의 팔을 잡아끌었다. 밖으로 나와 걷다가 소박해 보이는 식당으로 들어갔다. 자리를 잡고 메뉴판을 봤다. 회는 5만 원부터 시작이었다. 너무 비싸. 둘이 얼굴을 맞대고 속삭였다. 그 아래에 적힌 조개탕은 3만 원이었다. 그 전까지 우린 횟집에 간 적이 거의 없어서 해변 유흥지의 횟값이 얼마인지 알 리가 없었다. 나는 그냥 조개탕이나 먹자고 속삭였고 그는 회 먹어도 돼, 하고 말했다. 아니야 너무 비싸, 다시 내가 속삭였다.

그러다가 결국 조개탕을 시켰다. 식당 직원이 가져온 조개탕은 커다란 냄비에 조개만 한가득이었다. 반찬도 몇 가지가 나오겠지 기대했지만, 달랑 김치뿐이었다. 그날 조개만큼은 실컷 먹었다. 우리는 식당에서 나와 근처에 여관을 잡고 짐을 풀었다. 밖으로 나와 구멍가게에서 맥주와 폭죽을 사서 조용하고 어두운 밤 해변을 걸었다. 맥주를 마시며 폭죽을 터뜨렸다. 반짝이는 빛에 비친 서로의 얼굴을 보며 웃었다.

　우리는 해외여행을 한 번도 못 가봤다. 대학 시절까지 둘다 등록금도 간신히 내는 형편이라 여행은 꿈도 못 꿨다. 둘이 같은 해에 졸업해 나는 디자인 회사, 그는 출판사를 1년씩 다녔다. 그리고 둘 다 프리랜서로 전향했는데, 대학시절보다는 형편이 나았지만 역시나 가난했다. 프리랜서 5년쯤 지나 돈이 조금 생겼지만 일이 바빠서 여행은 엄두도 못 냈다.

　사진 속 우리는 어딘가에 놀러 가서 웃고 있다. 놀이동산, 태릉, 포천, 헤이리, 서해안의 섬, 친구네 옥상, 호프집, 동네 우이천, 미술관……. 둘이서만 가기도 하고 친구들과함께할 때도 있었다. 사진 속에서 환하게 웃고 있는 우리는그때 가난한 줄도 몰랐다. 좋아하는 일을 하고, 함께 있고,

그런 날이 계속 되리라는 믿음이 우리를 웃게 했다. 그때는 그걸로 충분했다.

20
—

가족이 된 우리

서른넷에 결혼을 결심했다. 그때까지 약간의 생활비를 내고 엄마 집에 얹혀사는 처지였는데, 그마저 삽화 일이 안 들어오면 드리지 못했다. 디자인 회사에 다니다가 일러스트레이터 일을 시작한 지 6년쯤 됐지만 수입은 턱없이 부족했다. 경제적으로 독립은 불가능했고 연애 만 11년 차에 접어드니 변화가 필요하다는 걸 느꼈다. 지금 생각해보면 가진 돈이나 능력도 없이 뻔뻔했다.

"오빠, 우리 결혼은 언제 해?"
"글쎄, 돈 좀 모으고."

"돈을 언제 모으냐? 나 서른다섯은 넘기고 싶지 않은데."

"음……"

"나랑 결혼하기 싫은 거야?"

"아니야. 결혼하려면 전셋집이라도 있어야 되는데 이제 돈 모으기 시작했잖아."

"집 필요 없어. 그냥 오빠 사는 집에 같이 살면 되지. 이사는 나중에 해도 되고."

그렇게 해서 결혼을 결정했고 상견례를 했다. 내 아버지는 돌아가시고 그의 아버지는 어머니와 사이가 안 좋으셨다. 양가 어머님과 내 동생, 그의 동생이 모여 동네 한정식 집에서 밥을 먹었다.

두 어머니는 미싱 일과 식당 일로 자식들을 키우셨다. 성실하시고 검소하시다. 작은 몸집에 단단한 눈빛이 많이 닮으셨다. 당신들에겐 아무것도 해주지 말고 너희 둘이 알아서 결혼식을 잘 치르라고 하셨다.

결혼은 하고 싶었지만 결혼식은 해도 그만 안 해도 그만이었다. 식자체를 좋아하지 않는 데다 귀찮은 건 질색이다. 그래도 한 번이니까 하자고 마음먹었다.

인터넷으로 결혼식 관련 정보를 찾아봤다. 기준은 간소

하고 저렴할 것. 일반 결혼식장은 하객이 300명 이상이어야 하지만 우리 하객은 어림잡아 100명 정도 였다. 그는 친척이 많지 않고 나는 아예 없다. 둘 다 회사에도 다니지 않아 직장 동료도 거의 없었다. 하우스 웨딩이라고 하객 100명 정도로 치를 수 있는 소규모 예식장을 몇 군데 찾았는데 그 중 강남역 근처에 있는 예식홀로 정했다. 작은 크기로 주말에 돌잔치도 하고 결혼식도 하는 곳이었다. 전면이 통유리라 햇볕이 그대로 들어오는 점이 마음에 들었다.

부모님이 이혼하실 때 나는 엄마와 함께 살겠다고 했다. 알코올중독인 아버지에게서 도망치듯 나왔고 친가 친척들과는 연락을 끊었다. 엄마는 오래전 아버지와 재혼하면서 원가족과 연락이 끊긴 상태였다. 결혼식을 준비하면서 가장 걱정되는 것은 웨딩드레스보다 친척과 사진 찍기였다. 나에게 가족은 엄마랑 남동생뿐이었기 때문이다.

초중고 시절을 같이 보낸 정현이에게 고민을 털어놨다.

"친척 사진 찍을 때 뒤에 설 사람이 없어. 어떻게 하지? 남편 친척들이 날 이상하게 생각할 텐데."

"내가 우리 엄마랑 언니, 오빠랑 같이 가서 뒤에 서줄게, 엄마도 너 결혼식에 간다 하셨거든. 걱정하지 마."

　정현이는 아버지가 일찍 돌아가시고 어머니와 사는데, 형제 넷 모두 결혼을 한 터였다. 언니들은 어릴 적부터 몇 번 봤지만 오빠는 그렇지 않았다.

　"오빠까지? 오기 번거로우실 텐데…… 고마워!"

　결혼식은 5월 15일이었다. 밝은 햇살이 예식장을 가득 채우고 현악기 밴드가 〈결혼 행진곡〉을 연주했다. 나는 그와 손을 잡고 입장했다. 그의 친구가 시 낭송을 하고, 시아버지께서 축사를 해주셨다. 우리는 결혼 서약을 하고 반지를 주고받았다. 친구 부부가 축가를 불러주었다.

　여기까지는 내가 알고 있던 순서대로 진행됐다. 그런데 친구 부부의 축가가 끝나고 그가 마이크를 잡았다. 그러고는 나를 보며 토이의 〈그럴 때마다〉를 불렀다. 그가 스물넷 내 생일에 처음 준 선물이 토이의 카세트테이프였다. 집에 카세트 플레이어가 없어 노래를 듣지는 못했지만, 그 노래가 토이의 노래인 건 알았다. 그는 평소 노래 부르는 걸 좋아하지 않았는데 그날은 정말 열심히 2절까지 불렀다. 그 모습에 하객들이 웃음을 터뜨렸다. 예식이 끝나고 퇴장하면서 그에게 물었다.

"노래는 언제 준비했어? 어젯밤 통화할 때까지도 말 없었잖아?"

"전화 끊고 노래방 가서 연습했지."

"노래방에 갔다고?"

"응, 불러주고 싶어서."

결혼식을 준비하며 했던 걱정은 괜한 것이었다. 결혼식은 밝은 분위기로 순조롭게 진행됐다. 무엇보다 한밤중에 노래방에서 축가를 연습했을 그이를 상상하면 미소가 지어졌다. 나는 그날 사랑받으며 결혼하는 신부였다.

21
—

임신해서 다행이야

결혼하고 두 달쯤 지나 남편한테 물었다.

"우리 애는 언제 낳지?"

"글쎄, 어떻게 하고 싶은데?"

"서른여섯 안에는 낳아야 돼. 그래야 산부인과에서 노산 검사를 안 한대. 내년에 낳으려면 이번 겨울에 임신해서…… 근데 오빠는 애 낳기 싫어?"

"아니, 낳고 싶지. 그런데 지금 사정이 별로니까 1~2년 있다가 생각해 보자."

며칠 후 생리가 시작되어야 하는데 생리혈이 나오지 않았다. 우리는 콘돔을 사용해서 임신 가능성이 없다고 생각했지만 혹시나 하는 마음에 약국에서 사온 임신테스트기로 검사를 했다. 두 줄이 그어졌다. 임신이라는 말에 그이는 어색한 표정을 지었고, 나는 서운했다. 다음 날 동네 산부인과에서 초음파 검사를 했더니 착상한 지 얼마 안 돼서 아기집만 보이고 심장은 아직 뛰지 않는다고 했다. 일주일 후 큰 산부인과로 가서 태아의 심장 소리를 들었다. 날짜를 계산해보면 임신이 된 건 신혼여행 때다. 우리가 임신을 언제 할까 대화를 나누고 있을 때에는 이미 임신 중이었다.

분만실에서 아기를 낳았다. 남편은 밤새 곁을 지키며 내 손을 잡고 있다가 아기와 내가 연결된 탯줄을 잘랐다. 응애 응애 우는 아기를 간호사가 배 위에 올려놓았다. "엄마야, 엄마." 내 목소리에 아기는 울음을 그쳤다. 아기는 배에서 기어 올라와 젖을 물고 오물거렸다. 신기하고 감격스러웠다. 내 안에서 생명이 태어나다니. 남편은 갓난아기에게 첫눈에 반했다. 아기는 진한 눈썹과 큰 눈이 그이를 닮았다. 그는 아기를 끌어안고 냄새를 맡으며 조그만 움직임에도 즐거워했다. 우리가 연애해온 10여 년의 그 어떤 시간보다도 더 행복해 보였다. 산후조리원에서 집으로 돌아오자 그는 작업실에 가지 않고 집에서 그림을 그리며 살림과 육아를 같이 했다. 아기는 8개월까지 젖만 먹다가 이후에는 아빠가 만든 이유식도 먹었다.

　돌이켜보면 결혼을 하자마자 임신한 것이 참 다행이다. 아기가 태어나고 1년 후 남편은 신장암 수술을 받았다. 어떤 타이밍은 인생 전체를 바꿔놓는다.

22

아메바피쉬의 꿈

결혼 전에 그와 3년 정도 같은 작업실을 사용했다. 평수가 넓은 지하 작업실로 월세는 그이가 냈다. 가난한 나를 많이 배려해줬다. 주 5일 하루 12시간 넘게 작업실에서 함께 별 말 없이 보냈다. 우리는 각자 작업에 열중하다가 같이 저녁 을 먹었다.

그는 아메바피쉬로 이름이 알려진 만화가, 일러스트레이 터, 화가였다. 학교 다닐 때부터 그림을 잘 그렸는데, 2001 년 졸업 때는 그림으로 생계를 이을 수 없었다. 졸업 후 출 판사에 1년간 다니다가 나와서 본격적으로 일러스트를 그 리기 시작했다. 전에도 집중해서 그림을 그리는 건 알고 있었지만, 작업실에 함께 있으면서 그 모습을 더 잘 알게 되었다. 한번 집중하면 네 시간 넘게 꼼짝 않고 그림을 그렸다. 마감이 걸리면 밥도 먹지 않고 서너 시간씩만 자면서 일했다.

책 삽화, 광고, 포스터, 잡지 표지, 손수 지은 만화책이 두 권이고, 개인전을 두 번 열었으며, 기획전에도 여러 번 참여했다. 계약서만으로 채워진 클리어파일이 세 개였다. 그렇게 일했지만 수입이 괜찮았던 건 3, 4년뿐이다. 일러스트 일을 시작한 2년은 수입이 거의 없다가 그다음부터는 웬만한 직장인만큼 벌었다. 하지만 작업실 월세와 자신과 동생이 사는 집 월세를 내고 나면 생계가 빠듯했다.

대학 시절 그는 체력이 좋았다. 새벽 4시까지 과 친구들과 술을 마시고도 이튿날 오전 9시 수업에 과제를 해갔다. 혼자 일하시는 엄마를 돕겠다고 4년 내내 과 1등으로 전액 장학금을 받았다. 키가 크고 건장했지만 작업실을 차리면서 건강이 서서히 나빠진 듯하다. 아토피가 심해져 한약을 먹으면서 밀가루와 술을 한동안 끊기도 했었다. 허리 디스크도 심해져서 책상에 오래 앉아 있기 힘들어했다. 그런데도 척추에 진통 성분의 뼈주사를 맞으며 일을 했다.

결혼 1주년, 내가 임신 중일 때 그는 게실염으로 동네 병원에 입원했다. 엑스레이를 찍어보니 신장에 작은 종양이 발견돼서 서울대병원으로 옮겨 정밀검사를 했다. 서울대병원에서는 아직 크기가 작고 신장은 조직검사가 까다로우니 6개월 후 다시 검사하자고 했다. 당시에는 별일 아닌 것처럼 여겨졌다.

그즈음 나는 아기를 낳고, 우리는 대출을 받아 남양주의 한 아파트에 전세로 이사했다. 그는 아빠가 되었다는 책임감 때문인지 더욱더 일에 몰두했다. 일이 바빠 예약 날짜로부터 두 달이 지나 병원 검사를 받으러 갔다. 결과는 신장암이었다. 수술 중 임파선 전이가 발견돼 3기 진단을 받고 항암치료를 시작했다. 건강했던 그가 암에 걸릴 줄은 아무도 예상 못 했다. 그는 일을 좋아해 큰 스트레스를 받지 않았을 뿐 아니라 아이가 태어난 후 담배도 끊고 술도 많이 마시지 않았다. 30대 중반에 갑자기 살이 찌고, 아토피와 척추 디스크가 생기긴 했지만 몸을 돌볼 여유가 없었다. 몸의 변화를 너무 사소하게 생각했다. 그때 옆에 있던 나는 도움이 되기는커녕 오히려 짐이었는지도 모른다.

항암치료가 1년 넘게 지속되면서 그는 통증 때문에 누워 지내는 시간이 많아졌다. 누워서도 그림을 그리던 그는 어느 날부터인가 프라모델을 만들기 시작했다. 스물넷 처음

만났을 때부터 습관적으로 그림만 그리던 그가 다른 일을 하니 궁금증이 일었다.

"왜 그림 안 그리고 그거 만들어?"
"응. 그림은 그동안 많이 그려서."
"프라모델은 작업실에 있던 거야?"
"응, 산 지 5년도 넘은 것 같은데 바빠서 못 만들었지."
"잘 만들었네. 색칠하면 진짜 멋지겠다."

그이는 그림 말고 다른 일도 하고 싶었구나. 하지만 이 나라에서 일러스트레이터, 만화가로 산다는 건 다른 많은 것을 포기해야 한다는 뜻이다. 예술가들이 좀더 먹고살기 쉬운 나라였다면 그이가 건강을 챙길 여유가 있었을까? 내가 좀더 신경 써줬다면 달라지지 않았을까? 병원에 예약한 날짜에 갔다면 치료가 쉽지 않았을까? 그가 아프기 시작하자 혼자서 숱하게 되묻는 밤들이 이어졌다.

23

가면소년 그림

캐비닛과 책장을 정리했다. 캐비닛 안쪽에서 남편의 안경을 찾았다. 비닐봉지 안에 칫솔, 전기면도기, 휴대전화 충전기가 있었다. 마지막으로 병원에서 나올 때 가져와 캐비닛에 넣어놓은 뒤 잊고 지냈다. 집을 정리할 때마다 숨어 있던 안경이 하나씩 나온다. 그는 안경을 쓰고 그림을 그렸다. 그림을 그릴 때는 불러도 거의 대답이 없었다. 그림 속에 빠져있었기 때문이다.

죽기 1년 전 척추로 암이 전이돼 거의 일어나지 못하고 앉아 있기조차 힘들어했다. 누워서라도 그림을 그려야겠다며 액정 태블릿을 샀다. 엎드려서 전시회 포스터 그림을 그리고, 단행본 삽화를 그리고 자기가 그리고 싶은 그림을 그렸다. 통증을 참고 마약성 진통제를 먹으며 그렸다.

제주도로 신혼여행을 갈 때에도 그는 마감할 그림이 있다며 스캐너를 가지고 비행기를 탔다. 여행 닷새째였던가, 그가 그림을 그린다고 해서 나 혼자 산책을 했다. 서운한 마음이 없었던 건 아니지만, 원래 그런 사람인 줄 알고 결혼한 거니까. 숙소에 돌아와 보니 깜빡 잠들어서 그림을 많이 못 그렸단다. 피식 웃으며 그러려고 스캐너까지 가져온 거야 하며 놀렸다.

그는 대학 시절 수업 시간에도 노트에 그림을 그렸다. 식당에서 밥 먹고 이야기할 때도 틈틈이 그렸다. 처음엔 나한테 집중 안 하고 한 손으로 그림을 그리고 있어서, 날 좋아하지 않는 건가 했는데 원래 그런 사람이었다. 수업이 없을 때는 동아리실에서 만화를 그렸다. '펜탈롱'이라는 이름의 만화 잡지를 친구들과 만들었다. 시각디자인 전공이라 학생들 대부분이 그림을 잘 그렸지만, 그는 특별히 뛰어났고 더 좋아했다. 대학을 졸업하고 그림책 출판사에 입사했다. 우리 과에서는 출판사에 입사하는 경우가 거의 없었는데 책 만드는 과정을 배우고 싶다며 다닌 것이다. 1년 후 출판사 사정으로 그만두고 본격적으로 프리랜서로 일러스트를 그리기 시작했다. 기발한 아이디어에 복잡하고 화려한 색의 그림을 그리는 그는 아메바피쉬라는 필명으로 이름을 알렸다. 스물여섯 살부터 마흔 살, 세상을 떠나기 1년 전까지 광고와 제품, 편집, 잡지 그리고 어린이, 성인 책에 수많은 그림을 그렸다.

그는 초등학교 때부터 만화 그리기를 좋아했다고 한다. 내성적인 성격이라 친구들에게 그림을 그려주면서 친해졌다고 했다. 『가면소년』과 『Robot』이라는 두 권의 만화책을 냈지만 돈을 벌 수 있는 그림을 그려야 해서 만화를 그릴 시간은 부족했다. 살아 있었다면 계속 만화를 그렸겠지. 어떤 만화를 그렸을까 가끔씩 떠올려본다.

남편의 장례식이 끝나고 아는 사람 몇이 내게 얘기했다. "현수씨가 오래 살았으면 좋은 그림 많이 그렸을 텐데. 재능이 아까워요." 처음 그 말을 들었을 때는 화가 났다. 그림은 그의 일부일 뿐 전부가 아니다. 내 남편, 하율이 아빠가 죽었는데 재능이 아깝다고 말하는 사람들이 이해되지 않았다. 그깟 재능 따위, 생명에 비하면 아무것도 아니라고 생각했다.

남편의 두 번째 만화책 제목은 '가면소년'이다. 주인공 소년은 재개발 철거 동네에 산다. 돈 때문에 싸우는 부모님을 피해 집을 나온 소년은 가면을 발견한다. 가면을 쓰고 산책 중에 고양이를 만나 환상의 세계로 들어간다. 그 세계에서 커다란 물고기, 로봇, 동물들을 만난다. 환상의 세계에서 현실의 철거 동네로 돌아온 소년은 외롭게 그녀를 탄다. 그때 소녀가 나타나 소년의 가면을 벗겨준다. 처음 책을 봤을 때는 소녀가 나를 모델로 삼은 것이라고 생각했는데, 어쩌면 소녀는 '그림'일지도 모른다. 그림이 그이의 가면을 벗기고 현실 속에 살 수 있게 해주었던 것 같다. 그이에게 그림이 생명에 비해 별거 아니라고 생각했지만 그건 내 생각일 뿐이다. 그이에겐 그림이 생명만큼 중요한 일이었을지 모르겠다.

그의 첫 기일에 다른 작가들이 힘을 모아 추모 전시회를 열어주었다. 전시회장에는 그의 그림과 작가들이 아메바피쉬를 생각하며 그린 그림이 걸렸다. 판매 수익은 전시회 대관료로 쓰였다.

나는 아이 때문에 전시회 준비를 돕진 못하고 집에 있던 그이의 그림들을 정리해서 보내주었다. 그는 정리를 잘하는 성격이라 대학 시절에 그린 만화부터 죽기 직전 그린 그림까지 연도별로 잘 저장해두었다. 만화 작업을 하고 싶어했는데, 돈버느라 못 했구나. 그이는 양철 로봇, 고양이, 우주,

환상 속의 세상을 많이 그렸다. 현실의 외로움, 답답함을 벗어나 상상의 세계를 그렸던 사람, 작고 연약한 생명을 향해 따뜻한 마음을 가졌던 사람, 만화가가 되고 싶어했던 어린 소년, 아메바피쉬. 그림을 그리는 동안 그는 그 속에서 놀았겠지. 꿈꾸던 그 눈빛이 생각난다.

5장

엄마가 되어가

24

─

아이가 사라진 날

하율이가 걸음마를 시작한 두 살 무렵의 일이다. 서울대병원에서 남편의 신장암 수술 결과가 나오는 날이었다. 그는 용인에서 올라온 어머님과 병원에 가고 나는 아이를 보느라 집에 있었다. 잠깐 마트에 갔다가 아파트 지하 주차장에 차를 대고 카시트에서 아이를 내려주었다. 그때 그이에게 전화가 왔다. 종양 세포 검사 결과 악성이고 임파선까지 전이돼서 3기라고 했다. 바로 항암치료를 시작해야 한다고. 떨리는 목소리를 참는 것이 전화기 너머로 느껴졌다. 믿을 수 없었다. "의사가 종양이 작다고 했잖아? 그런데 3기라고?" 그이에게 따져도 소용없는데 화를 냈다.

"알았어, 조심히 들어와. 와서 얘기해줘." 나도 목소리를 억눌렀다.

순간 머릿속이 하얘졌다. 정신을 차리고 보니 아이가 옆에 없었다. 혼자서는 잘 걷지도 못해 멀리 못 갈 텐데 둘러봐도 없었다. 지하 주차장을 다 돌며 아이를 불렀다. 목소리가 점점 절박해졌다. "하율아! 하율아!" 만약 아이가 사라진다면……. 남편이 암에 걸린 게 최악인 줄 알았는데, 그보다 더 최악인 일이 일어났다. 10분이 지났는지 30분이 지났는지 고래고래 아이 이름을 불렀다. 짧은 시간 동안 상상 가능한 모든 비극적인 장면이 머릿속을 스쳤다. 아이를 찾을 수만 있다면 어떤 비극도 이겨낼 수 있을 것 같았다. 주차장을 몇 바퀴 돌고, 건물 바깥의 놀이터까지 가봤지만 아이는 흔적도 없었다.

경찰서에 연락해야 할지 말지 판단이 서지 않아 마음을 진정시키려고 조용히 숨을 가다듬었다. 그때 멀리서 아이 우는 소리가 들렸다. 소리를 따라 비상구 계단을 올라가보니 꼭대기에 아이가 있었다. 어떻게 가파른 계단을 혼자서 올라갔는지, 몇 걸음만 더 나가면 차들이 지나다니는 길이었다. 아찔했다. "앞으로 혼자 가면 안 돼!" 아이를 꼭 안았다. 작은 심장이 뛰는 것이 느껴졌다. 앞으로 어떤 순간에도 아이 손을 놓지 않겠다고 결심했다. 잠깐의 방심으로 큰 사고가 날 수도 있다. 그 후로 몇 년 동안은 긴장을 늦추지 못했다.

　한 손은 아이를 잡고 한 손은 그이를 잡고 있었다. 한 손은 탄생에 가깝고 한 손은 죽음에 가깝다. 어쩌다 나는 이 인연 사이에 들어와 있을까? 감상적인 생각은 현실에 도움이 되지 않는다. 정신을 차리고 그 둘을 힘껏 잡는 것이 내가 해야 할 일이었다.

25

내 불안이 아이에게 옮겨간다

하율이의 유치원에서 바자회 준비를 돕고, 어깨와 팔이 다시 아파 한의원에서 침을 맞고, 집으로 돌아온 아이와 놀이터에서 놀고, 저녁을 차려 먹고, 아이를 씻겨서 재우고 세탁기까지 돌리니 밤 10시가 되었다.

그림을 그리려고 책상에 앉았다. 다음 주가 유치원 단기 방학이다. 앞으로 열흘은 책상에 앉아 작업하기 어렵다. 아이와 함께 있는 시간은 좋지만 나만의 시간이 부족하다. 아이가 잠들어야 그림 그릴 시간이 조금이나마 생긴다.

1년 전에 아이를 데리러 유치원에 갔는데, 선생님이 잠깐 상담을 하자셨다. 하율이가 경쟁심과 욕심이 너무 많고 공격 성향을 보인단다. 줄 설 때 꼭 앞에 서려 하고 게임에서 지면 울고 친구가 마음에 안 드는 말을 하면 때리기도 한다고. 똑똑한 아이니까 잘 설명하고 가르치면 리더십 있는 아이로 자랄 수 있다고 말씀하셨다. 나는 아이에게 그런 성향이 있는 걸 알고 있었지만 어려서 그러려니 했는데, 선생님 말씀을 들으니 내가 잘못 가르쳤다는 생각이 들었다.

불안하고 외로운 어린 시절을 보낸 나였기에 아이만큼은 안정과 사랑 속에서 자라게 하고 싶다. 아이는 친구들과 잘 놀지만, 가끔 때리거나 밀치기도 한다. 규율을 자주 어긴다. 곁에서 지켜보던 내가 친구를 때리지 말아라, 순서를 지키라 하고 가르친다. 화가 나지만 억누른다. 그렇게 서너 번 반복하다가 결국 폭발해서 "하지 말라고 몇 번을 말해!" 큰 소리로 혼을 낸다. 아이는 갑자기 소리 지르는 나 때문에 울어버린다.

아이를 나보다 일찍 낳은 친구가 조언을 해주었다. "그렇게 갑자기 큰 소리로 혼내면 아이가 놀라. 그러지 말고 단계를 높여가면서 혼을 내." 친구 말이 맞다. 나는 화내지 않는 엄마가 되기 위해 참고 참다가 결국엔 폭발하는데 그게 더 문제였다. 일관성이 없으니 아이는 더 불안할 것이다. 그 후 아이가 친구를 때리거나 위험한 일을 하면 한 번은 차분하게 혼내고 두 번째는 "엄마 이제 화나려고 해. 한 번 더 그러면 집에 갈 거야. 간식도 없어" 하면서 톤을 높인다.

앞으로 아이와 단둘이 살면서 어려운 일이 많이 생길 수도 있다. 내 불안이 아이에게 전해지지 않기를 바란다.

26

고함쟁이 엄마

집에 있는 그림책 절반은 하율이가 태어나기 전에 샀다. 20
대 후반에 그림책을 만들고 싶어서 워크숍에 참여했지만
실력과 끈기 부족으로 완성하지 못했다. 그때는 내용보다는
그림이 맘에 들면 구입했다. 지금은 그림보다 내용을 우선
시한다. 『고함쟁이 엄마』에 나오는 그림은 내가 좋아하는 스
타일은 아니지만, 제목만 보고 딱 사고 싶었다. 내가 고함쟁
이가 되는 날이면 반성하는 차원에서 아이에게 읽어준다.

책 내용은 단순하다. 어느 날 엄마 펭귄이 아기 펭귄에게
소리를 지른다. 아기 펭귄은 깜짝 놀라 몸이 분해돼서 여기
저기 흩어진다. 머리는 우주, 몸은 바다, 날개는 밀림, 꼬리

는 도시, 다리만 그 자리에 남아 몸의 다른 부분을 찾아 달리기 시작한다. 머리가 없어 방향을 찾지 못하고 계속 달리기만 하다가 커다란 그림자를 발견한다. 공중에 떠 있는 커다란 배 그림자다. 배에 타고 있는 엄마 펭귄이 날아간 아기 펭귄의 머리, 몸, 날개, 꼬리를 모아 꿰매고 있다. 다 꿰매고 나서 엄마가 말한다. "아가야 미안해."

내 입장에선 가끔이지만 아이 입장에서는 엄마가 자주 고함을 친다고 생각할 수 있다. 아이를 낳기 전에는 다른 사람에게 소리 지른 적이 없었다. 어릴 적 부모님 싸우는 소리에 트라우마가 있어서인지 고함에 민감하다. 그랬던 내가 아이에게는 소리를 지른다. 아침에 유치원 버스를 타러 가면서도 "빙판에서 뛰지 말라고! 넘어져서 피 나!" 저녁 밥을 먹으면서도 고함을 질렀다. "돌아다니면서 밥 먹지 말랬지! 또 일어나면 치워버릴 거야!" 내게도 핑곗거리가 있긴 하다. 아이가 넘어져 다칠까 걱정돼서, 저녁에는 시간 들여 재료를 사와 고기볶음을 했는데 안 먹으니 화가 나서 소리를 질렀다. 어리니까 뛰고 싶은 거고, 맛없으니까 안 먹은 건데 감정을 못 이기고 고함을 질렀다.

잠자기 전 미안한 마음에 또 『고함쟁이 엄마』를 꺼냈다. 다 읽어주고 나서 아이를 꼭 안고 "엄마가 아까 소리 질러

서 미안해. 코 자자"라고 말했다. 아이는 기분이 좋아져 이
불 속에서 장난치다가 내복 무릎에 난 구멍을 더 크게 만
들었다.

"엄마! 내복에 구멍 났어. 구멍이 점점 커져"라고 말하면
서 잠은 안 자고 구멍을 점점 더 크게 만들었다. 나는 아
이가 자야 일을 할 수 있는데 안 자고 장난만 치는 아이에
게 또 화가 났다. 결국 참지 못하고 "구멍 나도 괜찮아! 얼른
자!" 하고 고함을 질렀다. 아이가 우는 목소리로 말한다. "아
까는 소리 안 지른다더니. 엄마 미워!"

27

마음을 주고받는다는 건 뭘까

아파트 안 놀이터에서 하율이와 또래 아이들이 논다. 나는 다른 엄마들과 근처 벤치에 앉아 이야기를 나눴다. 아이는 이제 여섯 살이라 옆에서 지켜보지 않아도 된다. 아이들은 놀이터가 지루해지면 바위를 기어 올라가는 개미를 관찰하기도 하고, 나무 아래 떨어진 열매를 주우며 놀기도 하고 보물 숨기고 찾기 놀이도 한다. 저쪽에서 혜윤이가 뛰어온다. "아줌마, 하율이가 벌에 물렸어요!" 벌이라는 말에 놀랐다. 말벌이라면 생명을 위협하지 않나.

"하율이 어디 있어?" "이쪽이요!" 나는 혜윤이를 따라 뛰어가고 다른 엄마들도 따라왔다. 아이가 바닥에 주저앉아

울고 있었다. "하율아 어디 물렸어?" "여기 팔에! 으앙 으앙!"
아파서인지 놀라서인지 큰 소리로 울며 눈물을 뚝뚝 흘린
다. 아이 친구인 찬민이 엄마가 그새 자동차를 몰고 와 근처
에 세웠다. "얼른 타. 응급실 가자!"

아이는 의사를 보자 울음을 멈췄다. 의사가 팔을 살펴보
더니 침도 남아 있지 않고 벌에 쏘인 부위가 살짝 부어오르
기만 했다고 한다. 그제야 마음이 놓였다. 같이 걱정해준 동
네 엄마들과 아이 친구들에게 고마웠다. 혼자라면 놀라서
허둥댔을 텐데 그들 덕분에 빨리 응급실에 올 수 있었다.

1년 전 살던 집의 전세 계약 만기를 앞두고, 엄마가 살고
계신 서울 월계동으로 이사를 고민했었다. 초등학교 시절
그 동네에 살았고 오랜 친구도 근처에 산다. 신혼집이 있던
곳이기도 하다. 부동산을 통해 월계동의 몇 집을 가봤지만
집값이 너무 비쌌다.

아이는 한 살 때부터 이 동네 남양주 오남읍에 살았다.
어린이집 친구, 유치원 친구가 많고 엄마들과도 정이 들었
다. 나는 5년 전 이 동네로 이사 와서 남편이 아프고 사별
하는 힘든 일만 있어 누구에게도 마음을 열고 친해질 여유
가 없었다. 아이의 친구 엄마들은 내게 잘 대해줬지만 내
마음은 여기에 없었다. 이 동네에 더 살기로 결정한 이유는

아이 때문이다. 아이가 친한 친구들, 익숙한 친구 엄마들과도 헤어지게 하고 싶지 않았다.

지난 몇 년 동안 친구를 사귀는 건 생각도 못 했다. 남편이 내게 오랜 친구이자 애인이었다. 그런 사람이 떠나고 나니 곁에 아무도 없는 것처럼 공허했다. 이제는 내 나이가 너무 많게 느껴져, 새로운 친구를 사귀기 어려운 듯하다. 생각이 비슷한 사람을 만나기도 어렵고 만나도 친해지는 일이 번거롭다. 애쓰지 않으면 친구를 사귈 수 없다. 어린아이의 단순함을 배우고 싶다. 사람 사이 마음을 주고받는다는 건 뭘까. 어쩌면 아이가 나보다 친구 사귀는 법을 더 잘 아는 것 같다.

28

체력이 곧 정신력

하율이 유치원에서 운동회를 했다. 유치원이 광릉숲 아래에 있어 공기도, 날도 좋았다. 아이들은 웃으며 뛰어다닌다. 여러 명의 가족이 온 아이도 있고, 나처럼 엄마 혼자 온 아이도 있다. 나는 엄마 혼자 왔다고 주눅들고 싶지 않았다. 어쩌면 주눅들고 싶지 않다고 생각하는 것 자체가 이미 주눅든 건지도 모르겠지만. 어린이집부터 유치원까지 행사가 있으면 모두 참여했다.

유치원에서 '가족 운동회'라는 이름을 붙였는데 4인 가족 기준이었나보다. 게임 순서표를 보면 아이들끼리 하는 경기, 엄마와 하는 경기, 아빠와 하는 경기, 조부모와 하는 경기가 있다. 순서에 따라 안내 방송이 나왔다. "아이와 아빠 나오세요. 아빠가 안 오신 가족은 엄마가 나오셔도 됩니다. 아빠는 아이 목마를 태우시고요 엄마는 아이를 업어주세요. 상대팀 머리띠를 먼저 다 뺏는 팀이 이기는 경기입니다." 나는 하율이를 업었다. 아이가 상대팀 머리띠를 뺏으려 했지만, 당연히 목마를 찬 아이를 당할 수 없다. 갑자기 오기가 발동해 업혀 있던 아이를 들어올려 목마를 태웠다. 어깨가 아파 도수치료를 받고 침을 맞는 중인데, 에라 모르겠다. 지금 아이가 신난다면, 내일 또 침 맞으면 되지 뭐. 엄마 줄다리기도 열심히 했다. 이기고 싶은 마음은 없었는데, 줄을 잡으니 이기고 싶어졌다. 응원석을 보니 아이는 줄다리기에 관심이 없고 졸고 있었다.

운동회 마지막에 원감 선생님이 말씀하셨다. "오늘 와서 아이들과 즐거운 시간 보내주셔서 고맙습니다. 특별히 여러 명이 오신 가족에게 다복상을 드릴 거예요. 자, 우리 가족은 여섯 명이 왔다. 손! 많네요. 일곱 명이 왔다. 손!" 하율이가 옆에서 다복상이 뭐냐고 물었다. "복이 많은 게 다복이야. 복은 행운 같은 거야. 음…… 그렇다고 가족이 적다고 복이 적은 건 아니고 운동회 잘 왔다고 상 주나봐." 설명하면서도 한편으론 다복상이란 걸 만든 유치원에 화가 났다.

오고 싶어도 올 수 없는 가족이 있을 텐데, 많이 왔다고 상을 주다니. 내가 예민한 건가. 아이가 어린이집에 다닐 때부터 그랬다. 어린이집, 유치원 숙제 중에 가족에 대한 주제가 나오면 아빠, 엄마, 누나, 형이나 동생에 대한 항목이 따라온다. '가족과 걷기' 행사라고 해도 충분한 걸 가지고 '아빠와 걷기'라고 한다. 아빠 엄마의 결혼식 사진을 가져오라기도 하고, 방학 때는 아빠와 뭘 하고 놀았는지 그려오는 숙제도 있었다. 그때마다 나는 아무렇지 않은 표정을 지으려 애썼다. 하율아, 사람도 다양한 사람이 있는 것처럼, 가족도 다양한 가족이 있어. 엄마가 없기도 하고 아빠가 없기도 하고, 할머니나 할아버지랑 같이 살기도 하고. 중요한 건 서로 얼마나 존중하고 사랑하느냐야.

가족 운동회가 끝나고 친구들과 보쌈집에 가서 점심을 먹고 집에 왔다. 아이에게는 만화영화를 틀어주고 나는 이불 위에 기절했다. 어릴 적 학교에 다닐 때는 체육, 특히 달리기를 잘해서 매해 운동회 때마다 반 대표 계주 선수로 달렸는데 지금은 조금 뛰었다고 삭신이 아프다. 체력이 좋아야 아이와 뛸 수 있고 세상의 편견에도 굴하지 않을 수 있다.

29

생애 첫 김치 담그기

오후 4시 반 아파트 앞에서 유치원 버스를 기다린다. 버스
에서 하윤이가 커다란 검은색 비닐봉투를 들고 내린다.

"엄마! 오늘 유치원에서 배추 뽑았어."

"실장님이 뽑아줬어?" (실장님은 유치원 버스 기사님)

"응, 엄마 이걸로 김치 하자. 안 매운 김치."

"엄마 김치 못 하는데. 할머니네 가서 하자. 집에 고춧가
루도 없어. 아니면 배추전 해 먹자."

"김치 하자. 내가 할 수 있어. 배추를 씻는다. 고춧가루를
넣는다. 섞는다. 할 수 있어!"

나는 김치는커녕 쉬운 요리도 못한다. 결혼 전에는 계란

프라이, 라면, 김치볶음밥 정도만 해봤다. 엄마 생신에는 미역국을 끓였는데 매해 미역이 불어 냄비 밖으로 튀어나왔다. 요리에 흥미가 없다. 먹는 즐거움에 비해 요리하는 데 시간이 너무 많이 든다고 생각했다. 결혼하고는 요리를 좋아하는 남편이 주로 했다. 나는 그이가 아프고 나서부터 요리를 시작했는데, 간단한 반찬 만들기 수준이다. 그래도 그이와 아이가 맛있게 먹는 모습을 보고 있으면 좋았다. 지금은 된장찌개, 시금치 무침, 계란말이, 감자볶음 정도에서 하나씩 메뉴를 늘려가고 있다. 하지만 아이가 먹을 반찬만 만드니 집에 고춧가루도 없다.

집에 오자마자 배추를 검은 봉지에서 꺼냈더니 테니스공만 한 하얀 벌레 고치와 꼬물거리는 작은 연두색 벌레가 여러 마리 나왔다. 아이는 아! 징그러워, 하면서도 신나서 웃는다. 그래, 네가 즐겁다면 엄마가 김치 만들기에 도전한다!

마트에 가서 고춧가루, 멸치 액젓, 간 마늘, 배를 사왔다. 겉절이를 해보리라! 집에 있는 『진짜 기본 요리책』을 보고 했다. 아이 덕분에 김치를 다 해본다. 먹는 재료로 만드는 거니까 먹을 수는 있겠지. 마트에 가기 전 소금물에 담가놓은 배추를 꺼내 대충 잘라 큰 그릇에 부었다. 아이가 고춧가루와 멸치 액젓, 기타 양념을 넣었다. 나는 배를 갈아넣었다. 아이가 장갑을 끼고 조물조물, 완성! 빨간 색깔이 그럴 듯해 보인다. 먹어보니 의외로 맛있다. 보통 겉절이 맛은 아니고 배를 많이 갈아 넣어서인지 배추 샐러드 같았다. 그래도 모양은 김치다. 이렇게 쉬운 거였어? 아이는 원래 매운 김치를 못 먹는데 자기가 해서 그런지 맵다 맵다 하면서 잘 먹었다. 마침 옆집 할머니가 군고구마를 주셔서 같이 먹었다. 우울한 기분이 아이와 김치를 만들고 먹으면서 즐거워졌다.

6장

마흔 넘어
다시 꾸는 꿈

그림책을 만들고 싶어

남편이 죽은 뒤 1년간은 현실을 받아들일 수 없었다. 그래
도 아이를 먹이고 재워야 하니 몸을 움직였다. 결혼 전 그
이와 같이 알고 지낸 서희, 은영 언니에게 연락이 왔다. 언
니들은 전시 기획 일을 하고 있는데 그의 첫 기일에 맞춰
서 추모 전시회를 하고 싶다고 했다. 그의 필명인 아메바피
쉬의 그림을 좋아하는 작가들이 그린 그림과 아메바피쉬의
그림을 함께 전시하는 기획이었다.

　집에 있던 그의 그림들을 정리해서 전시회장에 보냈다.
나는 오랜만에 캔버스에 그림을 그렸다. 그가 좋아하던 깡
통로봇이 우주 행성에서 손을 흔들고 있는 모습이다. 행성

에는 그가 키우던, 무지개다리를 건넌 고양이들도 있다. 남편이 어딘가에 있다면 생전에 좋아했던 우주에 있을 것 같았다. 오랜만에 그림을 그리면서 즐거웠다. 맞아, 나는 그림 그리기를 좋아했지.

그해 가을, 다시 세상으로 나가 일을 해야겠다는 생각이 든 건 통장의 돈이 바닥을 보였기 때문이다. 매달 잡지에 삽화 그리는 일로는 수입이 부족했다. 혼자서는 적은 돈으로도 살 수 있지만 아이를 키우려면 돈이 더 필요하다.

태어날 때부터 가난한 집에서 자랐던 나는 돈이 넉넉했던 적이 한 번도 없다. 엄마가 봉제 공장에 다니며 일해 마련해준 돈으로 입시 미술학원에 다니고 학자금 융자를 받아 대학에 다닐 수 있었다. 대학 때는 등록금이 없어 1년을 휴학하고 복학해서는 아르바이트를 하느라 제대로 공부를 못 했다.

인생에서 뭔가 선택해야 할 순간마다 돈을 먼저 따졌다. 가진 돈으로 가능한 일인지, 앞으로 돈을 벌 수 있는 일인지. 하고 싶은 일인지 아닌지는 그다음 문제였다. 아이는 돈에 매이지 않고 공부하게 해주고 싶다.

그림을 그리고 싶은 바람과 아이와 내게 필요한 만큼의 돈을 벌어야 하는 현실 사이에서 무엇을 포기하고 무엇을 선택할지 고민했다. 우선은 돈을 먼저 생각했다.

다행히 집 전세금이 오르지 않는다면 한 달에 200만 원으로 생활이 가능하다. 100만 원은 삽화를 그려서 벌고 100만 원만 더 벌면 된다. 주위 사람들이 집에서 아이들에게 그림을 가르치는 일을 해보라고 권했다. 그걸로 고정 수입을 만들고 남는 시간에 삽화를 그리는 것이 가능성 있어 보였다. 하지만 그림 가르치는 일을 해본 적이 없다. 자격증이 도움이 될까 싶어 옆동네 주민 자치센터에서 아동심리 미술 수업을 일주일에 한 번씩 들었다.

일상에서 갑자기 죽음이 느껴질 때가 있다. 사별 후 그 느낌이 더 생생하게 다가온다. 남편의 마지막이 떠오른다. 그이에게 일어난 일이, 내게 일어나지 않으리라 장담할 수 없다. 죽음은 가까이 있다. 만약 내 삶이 딱 2년 남았다면, 나는 무엇을 할까.

돈이 부족하지 않다면 무엇을 하고 싶은지 생각했다. 그림책을 만들고 싶다. 스물여섯 처음 그림책을 접한 곳은 대형 서점 그림책 코너였다. 그림책 출판사에 다니고 있던 그가 알려줬다. 나는 그전까지 그림책을 본 적이 없었다. 어릴 적엔 가난해서, 커서는 주위에 어린이가 없어 그림책을 볼 기회가 없었다. 그림책에는 내가 좋아하는 모든 것, 그림과 글, 이야기가 있었다. 하지만 처음부터 그림책을 만들고 싶다는 생각은 못 했다. 그림을 너무 못 그렸기 때문이다. 2, 3년 그림 연습을 해서 어린이 단행본과 잡지에 삽화를 그리기 시작했다. 그 후 그림책 수업을 듣고 워크숍에도 참여했지만 글, 그림을 다 하는 창작 그림책 출판까지는 이어지지 못했다.

지금까지 살면서 늘 돈 버는 일이 우선이었다. 굶을 정도로 가난해본 적도 없으면서 가난이 나를 낭떠러지로 밀까 두려웠다. 어쩌면 지금이 내가 하고 싶은 일을 할 수 있는 마지막 시간일지도 모른다. 돈 버는 일은 잠시 미뤄두고 그림책 만드는 일에 집중해야겠다고 생각을 바꿨다. 남편의 사망 보험금으로 전세 자금 대출을 갚았는데 이사하면서 다시 전세 자금 대출을 받았다. 그 돈과 내가 삽화 일을 해서 번 돈을 합치면 아이와 2년은 살 수 있다는 계산이 나왔다. 2년 동안 다시 그림책을 만들어보자. 돈으로 시간을 산다. 돈이 없으면 돈 버는 일을 하느라 하고 싶은 일을 할 수 없다.

2016년 가을 두 달 동안 매주 엄혜숙 선생님 수업을 들었다. 남편과 아이 생각만 하다가 모르는 사람들과 그림책에 대한 이야기를 할 수 있어서 새로웠다. 나는 남편과 아이 이야기로 더미를 만들었다. 아이가 돌아가신 아빠를 그리워하다 아빠와의 추억을 모아 상자에 담는 내용이었다. 어설펐지만 남편과 아이를 한 걸음 물러서서 볼 수 있는 계기가 되었다. 내 남편 박현수와 내 아들 하율이가 아니라, 아빠와 아들 두 사람으로 볼 수 있게 되었다.

엄혜숙 선생님은 그림책 글을 쓰시고 번역을 하신다. 선생님은 글만 쓰시다가 몇 년 전부터 취미로 그림을 그린다고 하셨다. 바쁘셔서 지하철 같은 곳에서 틈틈이 그리신다며 작은 수첩에 그린 그림을 보여주셨다. 따뜻하고 소박한 그림이 선생님을 닮았다. 나도 그 모습을 닮고 싶었다. 사별 후 무언가 하고 싶은 마음이 들지 않았는데, 그림책 공부를 하면서 서서히 하고 싶은 일들이 생겼다.

2017년 담담 그림책 워크숍에 참여했다. 10년 전 김수정 선생님의 그림책 워크숍에 참여했다가 중간에 포기했었다. 당장 돈을 벌 수 있는 삽화 일이 바빴기 때문이다. 김수정 선생님은 긴 시간 동안 워크숍을 이끌고 계셨고 같이 참여했던 작가들은 창작 그림책을 여러 권 냈다. 나도 꾸준히 할 걸, 후회되었다.

워크숍은 매달 한 번 만나서, 각자 만든 그림책 더미를 발표하고 의견을 듣는다. 첫해에 만든 그림책은 완성 못 했다. 하고 싶은 이야기는 나왔는데 어떤 장면을 그려야 할지 몰라 헤맸기 때문이다. 이듬해 워크숍에 또 참여했다. 석 달 동안 새로운 이야기를 만들었지만 구체적인 그림이 그려지지 않아 포기하고 전해에 만들었던 그림책 더미를 수정해서 다시 진행했다. 다행히 가을에 더미를 완성해서 출판사와 계약했다.

사별 1년 후부터 페이스북에 글과 그림을 거의 매일 올렸다. 마음이 힘들어 글을 썼다. 댓글로 응원해주시는 분이 많아졌다. 몇 출판사에서 에세이를 내자는 제안을 받았다. 단행본 삽화 일 때문에 만난 출판사 대표님은 "내 글이 잘 쓰려고 하지 않아 좋다"고 말씀해주셨다. 응원과 칭찬을 듣고 더 꾸준히 쓸 수 있었다. 사람들이 내게 자신감을 준 덕분이다.

은행에서 대출을 받을 때 계획했던 2년의 시간이 흘렀다. 한 달에 200만 원을 못 버니 계획을 이루진 못했지만, 그림책 한 권과 에세이 한 권을 계약했다. 그만둘 순 없고 좀더 집중해서 속도를 내야 한다. 은행에서 신용 대출을 받고 동생에게 돈을 빌려 1년 더 기한을 미뤘다.

모든 것이 시간에 달려 있다. 아이 돌보기, 그림책, 생계라는 세계의 공으로 저글링을 한다. 지난 3년 동안 내가 원하는 것을 말하면 어디선가 그 말을 들어주는 사람이 나타났다. 그러니 우선 말해야 한다.

31

나는 몸이다

졸릴 때마다 설탕을 듬뿍 넣은 커피를 마신다. 하루 세 잔 마시고, 한두 잔 더 마실 때도 있다. 남편이 항암치료를 받은 2년 동안 가장 많이 마셨다. 정신을 놓으면 안 돼서 늘 긴장했다. 그렇게 각성되어 한 일들은 내일의 힘에서 빌려온 것뿐이다. 오늘 내 육체적·정신적 힘을 넘어서기 위해 내일의 힘을 가져오면, 내일은 그만큼 피곤해져 기운이 없다. '기운 총량의 법칙'이라고 할까.

바닥이 나를 잡아당기는 것 같아 눕고 싶지만 누울 수 없다. 아침에 일어나 하율이 밥을 차려줘야 하고 옷을 입혀 유치원에 보내야 한다. 삽화 일을 해야 하고 집 청소를 하고 마트에 갔다가 반찬을 만들고 빨래를 해야 한다. 아이가 유치원에서 돌아오면 간식을 주고 놀이터에서 노는 아이를 보고 있어야 한다. 집에 와서 저녁을 먹이고 씻기고 재워야 한다. 아이가 잠들면 앞으로 어떻게 돈을 벌어야 할지 걱정이 밀려온다.

엄마가 산삼 세 뿌리를 먹으라고 주셨다. 왜 이렇게 비싼 걸 사셨어요, 말했지만 고맙게 받아 흙을 털어 꼭꼭 씹어 먹었다. 내 몸아 기운 좀 내라. 그래야 애도 키우고 돈을 벌지, 속으로 기도하며 먹었다. 기운이 나야 새로운 그림을 그리든지, 다른 일을 시작하든지 할 텐데 힘이 없었다. 동네

한약방에서 50만 원 주고 한약을 지었다. 나에겐 굉장히 큰 돈이지만 돈보다 몸이 중요하니까. 동생이 홍삼 엑기스를 줘서 매일 아침 먹었다.

밤에 자다가 자꾸 깨서 하루 종일 피곤했다. 무서운 꿈을 꾸거나 팔이 저려서 깼다. 어깨와 팔이 아파 한약방에서 침을 맞으며 버텼는데 통증이 수그러드는 건 맞을 때뿐이고 금방 다시 아팠다. 팔을 들어올리지 못해 그림을 그리기도 어려웠고 운전도 힘들었다. 안 되겠다 싶어 병원에 갔다. 의사는 어깨 근육이 찢어진 것일 수도 있으니 MRI를 찍고 오란다. 하얗고 작은 동굴 모양 기계 안에 들어가니 남편이 생각났다.

그는 암 조직의 크기를 보기 위해 두 달에 한 번 이 기계 안으로 들어갔다. 처음엔 걸어서 들어갔지만, 나중에는 통증 때문에 움직일 수 없어 간호사의 도움을 받아 들어갔다. 나는 문밖에서 그이를 기다렸다. 남편의 비명이 들렸다.

기계 안에 들어가 누워 있으니 눈물이 났다. 혼자 이 안에서 외로웠을 그를 생각하니 미안했다. 같이 오래 살려고 결혼했는데, 당신은 어디 있나? 그 생각을 하면 또 화가 난다. 미안하고 화가 나고 그런 시간을 지나왔는데, 또……. 이제 그 생각은 그만하자. 내 몸만 생각할 때다. 검사 결과 어깨에 석회와 염증이 있다고 한다. 입원해서 석회 격파 시술을 해야 한단다. 고민하다 아이를 혼자 두고 입원할 수는 없어 동네 엄마들이 추천하는 다른 종합병원에 갔다. 그 병원 의사는 진통제와 도수치료를 처방해줬다. 도수치료사가 내 어깨를 살펴보고 누르고 잡아당기더니 말했다. "무슨 일 하세요? 어깨와 목 사이 근육이 짧아졌어요. 어깨가 안으로 심하게 말려 통증이 생긴 거니까 어깨랑 등 운동 하세요." 집에 와서 거울을 보니 어깨가 안쪽으로 많이 말려 있다. 언제 내 몸이 이렇게 변했지. 앞으로 이 어깨에 달린 팔이 나와 아들을 먹여 살려야 하는데 고장나면 안 된다. 동사무소 요가 교실과 아파트 안 헬스장에 등록했다. 도수치료를 열 번 받고 근육 운동을 해서 통증이 거의 사라졌다. 그제야 밤에 깨지 않고 잘 수 있게 됐다.

악몽 때문에 밤에 깼다고 생각했는데, 어깨가 아파서 깼을 수도 있겠구나. 정신과 몸은 밀접하게 연결되어 있다. 나는 몸이다. 지금은 그렇게 생각하기로 한다. 아이를 세상에 혼자 남겨둘 수 없다, 절대로.

32

나를 걱정하시는 두 어머니

엄마와 시어머니는 전화를 끊을 때쯤 같은 질문을 하신다.
"요즘 일은 좀 있고?" 내가 아이를 키우면서 직장을 다니지
도 않고 확실히 정해진 일을 하는 것도 아니라서 걱정이신
게다.

나도 같은 대답을 한다. "그냥 조금 있어요. 아직은 괜찮
아요. 애 크면 어떻게 될지 모르지만요." 일이 없어도 있다
고 말씀드리면 되는데 거짓말은 못 하겠다.

어머니들에게 앞으로 어찌 살지 말씀드린 적이 있기는
하다. "책에 그림 그리는 일을 하고 있어요. 근데 그 일로는
수입이 부족해서 동네 아이들을 모아 그림을 가르치는 일

을 하려고요." 이 말의 반은 정말이고, 반은 둘러댄 말이다. 현실은 그림 그리는 일로 수입이 많이 부족한 상태고, 가르치는 일은 해본 적이 없어서 할 수 있을지 모르겠다. 글, 그림을 같이 하는 창작 그림책을 준비 중이라는 말씀은 못 드렸다. 그림책 작가라, 내가 듣기에도 뜬구름 잡는 계획이다.

내 아버지와 시아버지는 사업에 여러 번 실패하셨다. 그 뒤로는 일을 안 하셨다. 아버지는 떴다방을 하신 거라 사업이라 할 수도 없고 시아버지는 어떤 일을 하셨는지 잘 모른다.

엄마와 시어머니는 각각 미싱사와 식당 요리사로 일하시며, 그 월급으로 자식들을 키우셨다. 박봉에 쉬지 않고 일하셔서 자식들 굶기지 않고 학교를 보내셨다. 그래서 두 어머니가 내게 "요즘 일은 있냐?"고 물으시면 대답하기 부끄럽다. 그림책 작가가 되겠다는 꿈이 어머님들 보시기에, 당신들의 남편들처럼 무책임한 소리로 들리지 않을까.

어릴 적부터 친한 정현이 어머님은 일찍 남편과 사별하시고 자식 넷을 키우셨다. 오랫동안 일하시다 몇 년 전 막내인 정현이가 둘째 아이를 낳던 즈음에 퇴직하셨다. 남편이 서울대병원에 입원해 있을 때, 상태가 위급해 아이를 데리러 갈 수 없는 날이 있었다. 서울 사는 정현이네 집에 아이를 잠시 맡기려고 갔을 때 마침 정현이 어머님이 계셨다. 어려서부터 나를 보신 어머님이 내 손을 잡고 말씀하셨다. "애 봐서 앞으로 마음 단단히 먹어." 혼자 벌어 자식을 키우신 어머님들 말씀은 더 오래 기억에 남는다.

얼마 전 엄마와 통화하면서, 애 보고 살림하고 돈도 벌어야 해서 정신없다고 했더니 엄마가 말씀하셨다. "우선 너 일부터 하고, 나머지는 그다음에 해."

시어머님이 하신 말씀도 생각난다. "너무 고민하지 말아라. 살다보면 다 길이 생긴다."

—

33

천막 밖으로

어젯밤에 편두통 때문에 잠을 설쳤다. 아침에 아이를 유치원에 보내고 오전에 잠깐 잠이 들었다. 꿈속에서 오랜 친구와 둘이 천막 안에 있었다. 내가 물었다.

"울어도 돼?"

"응."

친구 품에 안겨 소리 내 울었다. 다 울고 나서 우리는 밖으로 나갔다.

"사람들이 보니까 이젠 울지 마." 친구가 말했다.

"알았어."

난 현실에서 잘 울지 못한다. 어릴 적에 너무 많이 울어서 그런 거라고 짐작하고 있다. 내 안에는 열 살에 떠난 엄마를 기다리는 어린아이가 있는 듯하다. 웅크리고 있다가, 어른인 내가 약해지면 이런저런 말들로 나를 괴롭힌다. 하지 말아야 할 말을 타인에게 쏟아낸다. 그러고 나면 탈진해버린다. 나도 나를 어쩔 수 없다고 변명한다. 올해 6월에 페이스북에 쓴 글을 모아 에세이를 내기로 출판사와 계약을 했다. 작년에 다른 출판사에서도 제안이 있었는데, 도저히 내가 쓴 글을 들여다볼 자신이 없었다. 올해는 할 수 있을 것 같았다. 그만큼 시간이 흘러 무뎌지기도 했고, 글을 정리해서 책으로 묶으면 지난 일들도 기억의 서랍 속에 넣고 문을 닫을 수 있을 것 같았다.

글을 정리해야 하는데, 진도가 잘 안 나간다. 나는 남편을 만나서 처음 안정된 사랑을 받았다. 그와 연결된 느낌이 어린 시절 불안을 가라앉혀주었다. 그에게 기댄 15년의 시간 동안 내 몸이 기울어졌다. 이제 그가 없으니 바로 서야 하는데, 자꾸 몸이 기울고 비틀거린다. 혼자 서야 나도 살고, 아이도 키울 수 있다.

내 안에 있는 열 살 어린이는 약한 소리를 하고 어른인 나는 몸이 기울어져 있다. 그래서 자꾸 글을 쓴다. 스스로 내 모습을 봐야 타인에게 기대지 않고 혼자 설 수 있으니까.

꿈에서 깨어나 알았다. 천막 안에서 내가 기대어 운 친구는
바로 나라는 걸. 그 친구와 밖으로 나가야 한다는 걸.

7장

남편의 수술부터
사별 후 1년까지 쓴 일기

2013년 5월 ~ 2016년 12월

2013. 05. 29

남편 신장암 수술. 종양 3센티미터. 임파선으로 전이됨.

2013. 06. 21

남편은 신장암 3기다. 이렇게 쓰고 있지만 거짓말 같다. 암! 그것도 3기. 작년에 남편은 배가 아파 동네 병원에서 엑스레이를 찍었다. 게실염이라 며칠간 입원해서 치료를 받았다. 의사가 엑스레이 사진 아래쪽에 작은 혹이 보인다면서 소견서를 써줄 테니 큰 병원에 가보라고 했다. 검사한 결과, 신장에 혹이 있지만 크기가 작으니 6개월 뒤에 다시 오라고 했다. 그때가 하율이가 태어난 지 100일 즈음이었다. 남편과 나는 신생아를 돌보고 그림 일을 하느라 바빴다. 하율이는 신우신염으로 병원에 일주일간 입원했고 서울에서 남양주로 전세 자금 대출을 받아 이사를 했다. 둘 다 정신없이 바빴다. 남편의 삽화 일 마감이 겹쳐서 예약 날짜보다 두 달 늦게 병원에 갔다. 혹이 커져 바로 수술했다. 수술 결과 악성 종양, 임파선 전이로 신장암 3기라는 결과가 나왔다.

병원에 검사하러 갈 때는 남편 혼자 갔고, 수술할 때는 시어머니가 동행했다. 나는 아이에게 모유 수유 중이었고 갓난아기를 맡길 사람이 없어서 갈 수 없었다. 신장암 3기라는 진단이 나오기 전까진 크게 걱정하지 않았다. 남편은 별일 아닌 듯 의사의 말을 내게 전했고, 정말 운이 나빠서 암이라 해도 초기에 발견했으니 수술만 하면 괜찮을 거라고 생각했다. 남편은 지금 어떤 심정일까. 하율이를 낳고 같이 하고 싶은 일이 많았다. 여름엔 바다에 가고 겨울엔 군고구마를 먹으면서 동네를 산책하고 싶었다. 남들 누리는 평범한 행복이 우리 가족에게는 가능할까. 두 달 후가 재검사다. 무슨 일이 닥치든 의연하게 행동할 수 있다. 그래야만 한다.

믿기지 않는다. 검사 결과, 신장에 암이 다시 생기고 폐에도 전이되었다고 한다. 멀쩡해 보이는 남편 몸에 암이 퍼져 있다니. 수술도 못 하고 항암제를 먹어야 한다니. 꿈이 아닐까? 꿈에서 깨면 아, 그때 정말 많이 힘들었지 하면서 웃을 거다. 마음을 다잡고 살 궁리를 해야 한다. 눈물이 멈추질 않는다. 간절히 기적을 바란다.

잃어버린 물건을 찾다가 스무 살 입시 미술학원에 다닐 때 나에게 쓴 편지를 찾았다.

'무엇이 나를 인도합니까? 무엇이 원하는 것을 가로막습니까?' 매달 학원비를 걱정하고, 저녁 사 먹을 돈이 부족해 친구들 눈치 보고, 아빠의 술주정에 잠 못 자던 시절이었다. 오랫동안 잊고 살았다. 그 질문을 오늘 다시 한다. '무엇이 나를 인도합니까? 무엇이 가로막습니까?' 우리 가족은 혹독한 겨울을 보내야 한다. 봄이 온다는 믿음이 있다면 견딜 수 있다. 믿음이 나를 이끈다.

매주 월요일 남편과 서울대병원에 간다. 남편은 피 검사를 받은 후 항암제 토리셀 링거를 한 시간 동안 맞는다. 한 달에 한 번 의사를 만난다. 두 달에 한 번 CT와 MRI를 찍는다. 검사 결과 암이 작아지거나 그대로면 토리셀을 계속 맞고, 커지면 중단한다. 항암제는 암세포를 파괴하면서 동시에 빠르게 증식하는 다른 세포와 백혈구를 파괴한다. 그이는 토리셀을 맞고 나면 기운이 없다. 집에 오면 2, 3일은 누워 지낸다. 그러다가 기운이 생기면 맡아놓은 삽화 일을 한다. 지금 일까지만 끝내고 더는 일을 안 받겠다고 했다. 그이는 그동안 일을 너무 많이 했다. 시어머님이 일주일간 오셔서 살림을 도와주셨다. 나는 시어머니에게 아이를 맡기고 운전면허를 따고 연수를 받았다. 이제 내가 운전해서 남편과 병원에 다닐 수 있게 되었다.

이번 달 잡지 삽화를 마감했다. 하율이는 밤에 두세 번 깨서 운다. 젖을 먹여 재우기도 하고 업어서 재우기도 한다. 나는 깊이 잠들지 못한다. 시어머님이 하시는 말씀, 남편의 짜증을 곱씹어 생각하지 말자. 모두 닥친 현실을 받아들이기 어려우니까 마음에도 없는 말을 한다. 나 역시 마찬가지다.

항암제 부작용으로 남편 엉덩이에 종기가 생겼다. 온몸에 열이 나고 아파서 비명을 지른다. 밤에는 남편의 다리를 주무르고, 낮에는 아이 밥을 챙겨 먹이고, 다시 남편을 살핀다. 17일에 응급실에 다녀왔지만 거기서는 치료할 방법이 없다고 했다. 항암제를 끊을 수도 없고 항생제와 진통제는 이미 먹고 있다. 집에 와서 사흘간 계속 아팠고 물밖에 마시지 못했다. 비명 소리가 점점 더 커진다. 다시 119에 전화했다. 하율이를 아기띠로 안고 짐 가방을 등에 메고 그이와 구급차를 탔다. 응급실엔 환자가 많아 침대가 부족했다. 간호사는 남편에게 휠체어에 앉아 있으라고 했는데 그는 통증 때문에 앉는 게 불가능하다. 나는 흰색 가운을 입은 사람들을 쫓아다니며 침대를 달라고 했다. 응급실 의사가 항암치료 담당 의사와 연락이 닿아야 종기를 쨀 수 있다고 했다. 지금은 어떤 부작용이 있든 항암치료가 우선이다.

용인에 계신 시어머님이 응급실로 오셨다. 나는 하율이를 데리고 친정집에 갔다. 엄마가 해주신 밥을 먹고 하율이를 엄마에게 맡긴 뒤 기절하듯 잠들었다. 집에 와서 아이를 씻기고 저녁을 먹이고 재운 뒤 청소하고 빨래를 널었다. 단행본 삽화 작업을 하려고 책상에 앉아 커피를 마셨다. 작년에 맡은 일이

라 빨리 끝내야 한다.

　남편에게 전화가 왔다. 담당 의사와 통화 후 종기에 고름을 째고 이제 살 만해졌다고 한다. 다행이다. 그가 아프고 싶어 아픈 것도 아닌데 원망스럽다. 몸이 피곤하니 원망할 대상을 찾는 것 같다. 내가 원망하는 것은 남편이 아니라 암이다. 그는 살 것이다. 희망을 갖지 않으면 이 시간을 견뎌낼 자신이 없다.

며칠간 아팠다. 몸이 쑤시고 목이 따갑다. 추석에 남편 응급
실 갈 때부터 계속 긴장해서 그런 것 같다. 그는 암이 척추까
지 전이돼서 4기 진단을 받았다.

남편이 설사와 고열, 종기 재발로 응급실에 실려갔다. 시어
머니에게 그이를 부탁하고 나는 아이를 어린이집에서 데려왔
다. 인터넷으로 신장암 환우회 카페를 찾아 사무국장과 통화
했다. 사무국장이 항암제를 토리셀로 시작했으면 비투명 신세
포암으로, 신장암 환자의 20퍼센트가 여기에 해당된다고 했
다. 예후가 안 좋고 토리셀이 실패하면 다음 약은 비보험이라
는 말도 했다.

'얼마나 살 수 있나요? 완치가 정말 불가능한가요?'라고 묻
고 싶었지만 어떤 대답이 나올지 몰라 묻지 못했다.

"카페 게시판에 보니 약 먹으면 5, 6년 사는 사람도 있던데
요."

"제 아내도 7년째 약을 먹고 있어요. '로도질주'라는 분도
비투명인데 5년 동안 약 먹으며 살고 계십니다."

통화를 하다가 눈물이 흘렀다. 그이가 없다는 상상만 해도

막막하다. 아니, 내 인생과 아이 인생을 걱정하고 있는 건가.
죽을지도 모르는 사람은 그이다. 우선 3년만 버텨보자, 그리
고 5년, 또 신약이 나오면 10년. 정신이 나가서 해야 할 일들
을 놓치지 말자.

2013. 10. 10

남편이 입원했다. 시어머님이 병원에 계시고 나는 하율이 때
문에 집에 있다. 아파트 주차장에서 삑 소리가 난다. 그이가
운전하는 자동차 소리 같지만 착각이다. 의사는 항암치료가
잘될지 어떨지 지켜보자고 했다. 암이 완치될 확률은 로또에
당첨될 확률보다는 크지 않을까. 분명 로또에 당첨되는 사람
이 있으니까 완치되는 사람도 있겠지. 4기 암 5년 생존율 20
퍼센트, 희망이 있다고 생각했다. 하지만 그이는 자꾸 항암제
부작용으로 병원에 실려가고, 의사는 비투명 신세포암은 예
후가 안 좋다고 한다. 나는 죽지도 않은 남편을 두고, 죽으면
어떻게 해야 하나 생각하느라 일상적인 일을 하기 힘들다. 얼
마 전 그이는 최악의 경우도 생각하고 있다고 말했다.

2013. 10. 16

남편이 종기 수술을 하고 토요일에 퇴원했다. 일요일은 쉬고,

월요일에 병원 가서 항암치료 받았는데 다시 염증이 심해지고 있다. 그이는 진통제를 먹고 삽화 일을 한다. 진통제 기운이 떨어지면 앉아 있지도 못한다. 항암치료 시작한 지 겨우한 달 지났을 뿐인데 부작용이 대단하다. 입안이 헐어 먹지 못하는 것도 문제다. 매주 피 검사를 하는데, 백혈구 수치가 낮으면 수혈을 받아야 한다. 백혈구 수치를 높이는 데는 소고기가 좋다고 한다. 나는 이틀에 한 번 마트에 가서 한우를 사온다. 한 덩이 구워서 자르면 몇 조각 안 된다. 그는 그것조차다 못 먹을 때가 있다.

2013. 11. 09

남편이 고열에 시달리다가 또 응급실에 갔다. 종기는 치료하면 되지만, 그 때문에 항암치료가 중단될 수 있어 더 걱정이다. 내가 울고 있는 시간에 하율이는 굶는다. 아이를 굶기지는 말자. 오늘 오랜만에 목마를 태워줬더니 머리를 안으면서 "사랑해"라고 한다. 그이도 응급실에서 "사랑해"라는 문자를 보내왔다. 내 목에도 혹이 생겨 동네 종합병원에서 검사를 받았다. 목 양쪽에 물혹 두 개가 있고, 갑상선에도 여러 개의 혹이 있다고 한다. 내가 계속 울면 혹이 자랄지도 모른다. 나는 아플 수 없다.

서울대병원 암병동. 환자 대기실에 앉아 있으면 시간이 멈춘 것만 같다. 나이가 많은 사람이 대부분이지만 젊은 사람도 간간이 있다. 나이 드신 분들 중에는 편안한 표정으로 대화를 나누는 이들도 있다. 젊은 사람들은 하나같이 표정이 무겁고 조용하다.

마른 몸에 허름한 옷을 입고 휠체어를 탄 사람이 간호사에게 뭔가를 따진다. 나도 따지고 싶다. 왜 이렇게 기다려야만 하나? 치료를 받는데 왜 더 아파지나?

나는 피곤한 얼굴로 남편 옆에 앉아서 졸고 있다. 오래전 연애할 때부터 그랬다. 지하철이나 버스에서 앉으면 그이 어깨에 기대어 금방 잠들었다. 처음 암병동에 왔을 때, 나는 아이를 업고 있어 진료실에 들어가지 못하고 대기실에서 그이와 시어머니를 기다렸다. 진료실에서 손을 꼭 잡고 나오는 노년의 부부를 봤다. 할머니는 연신 "다행이다"라고 말하면서 웃다 울다 하셨다. 할아버지는 그런 부인을 보며 미소 지으셨다. 의사에게 이제 병원에 오실 필요 없으세요, 하는 말을 들으셨을까. 우리 부부도 저 노부부처럼 되면 좋겠다고 생각했다. 우리는 어떻게 나이 들까? 나는 그이가 기댈 만한 사람이 될 수 있을까?

의사가 남편의 엑스레이 사진과 CT 사진을 보여줬다. 폐와 척추에 검은색으로 보이는 암 조직이 커졌다고 했다.

"암세포는 커지는 게 정상입니다. 그걸 약으로 억지로 막아놨던 건데 이제 약에 내성이 생겼습니다. 그래서 다른 약을 써보자는 겁니다. 임상약이지만 벌써 치료 중인 사람이 많고 젊은 사람들에게는 효과가 있으니까 기대해봅시다."

다음 주부터 액시티닙 항암제를 먹기로 했다.

한 달에 한 번 병원에 와서 임상약을 처방받는다. 토리셀처럼 매주 병원에 와야 하는 부담은 줄었지만, 임상약이라 어떤 결과가 나올지 모른다. 하긴 결과를 모르기는 토리셀도 마찬가지였다. 의사가 말하는 '효과'를 보려면 몇 개월을 기다려야 할까. 토리셀이 가져다준 지난 5개월 동안 나는 무엇을 했나? 울고 잔소리하고 인터넷으로 암에 대해 검색하고…… 이게 말이 되나? 남은 시간이 길지 않을지도 모른다. 하율이 초등학교 들어갈 때까지만이라도 살아줘, 여보.

오늘처럼 남편이 기운을 차려서 웃는 날이면 병에 걸린 것도 잊는다. 그이와 아이 옆에 누워서 이야기를 나눴다. 내일 유치원에서 하율이 생일 파티 한대. 유치원 가는 길에 케이크 사가자. 그런데 하율이가 케이크 자기 거라고 친구들 못 먹게 하면 어떻게 하지? 내 거야! 너 먹지 마! 그럴지도 몰라. 그런 이야기를 하며 웃었다.

다음 주 월요일에 병원에 간다.

병원에 가야 남편이 환자라는 게 실감 난다. 새로운 치료를 받기로 했다.

암이라는 건 이상하다. 오늘 본 「인생극장」에 나온 종갓집 주부는 폐암으로 3개월 시한부를 선고받았지만 지금 3년째 시골에서 잘 살고 있다. 그런데 몸에는 암세포가 여전히 있단다. 그 사람을 환자라고 볼 수 있을까?

2014. 02. 16

방 안에는 방귀 냄새가 가득하고, 아기는 데굴데굴 중얼중얼 굴러다니다가 아빠 팔베개를 하고 잠이 들었다. 최고로 행복한 날. 나중에 어떤 일이 생기더라도 후회하지 않게 남편과 아이와 하고 싶은 일을 해야겠다. 맛있는 음식을 만들고, 좋은 데 놀러 가고, 사랑한다고 말하자.

빠르면 1년, 길면 3, 4년. 의사는 현실을 말한다. 희망을 갖고 있지만 현실을 잊어서는 안 된다. 목표와 계획을 세우고 실천해야 한다. 감상에 젖어 가족의 미래, 내 미래를 망칠 수 없다. 내 경력이라면 고작 대학을 나오고 여섯 권의 책과 잡지에 삽화를 그린 게 전부다. 그리고 어린 아들 하나, 아픈 남편, 빚. 막연하게 생각하지 말고 계획적으로 살자. 시험을 앞둔 수험생처럼. 오늘 안에 택배를 모두 배달해야 하는 택배 기사처럼. 할당 물량을 맞춰야 퇴근할 수 있는 미싱사처럼. 쌀통에 한 그릇의 쌀만 남은 것처럼.

항암제 액시티닙 치료 결과가 나왔다. 의사는 암세포가 줄었다고 했다. 희망을 가져도 되는 건지 묻고 싶었지만 헛된 질문인 걸 안다. 액시티닙은 임상치료라서 어떤 결과가 나올지 아무도 모른다. 진료실을 나오면서 남편 손을 잡았다. 눈물을 보이지 말아야 한다. 희망이 있을까? 어린 시절 떠난 친엄마가 떠올랐다. 다시 온다 하고는 오지 않은 사람. 그 후 내게 희망은 없는 단어가 되었다. 하지만 희망 없이는 견딜 수 없는 날들이 있다. 액시티닙을 시작하고 두 달 동안 마음을 졸이며

보냈다. 다음 결과가 나오기 전까지 희망을 품고 싶다. 그이와
하율이와 여행을 가고 싶다.

2014. 04. 10

내 생일. 가까운 한정식집에 갔다. 맛있게 먹는 남편과 아이를
보면서 '오늘이 내 인생 최고로 행복한 생일이다!'라고 생각했
더니, 정말 그렇게 느껴졌다. 생각이 먼저인지, 감정이 먼저인
지 모르겠다.

부처님 오신 날에 하율이를 데리고 집 근처에 있는 봉선사에 갔다. 사람이 많아 가는 길에 차가 막혔다. 절 앞에서는 음악을 연주하고 승무 공연도 했다. 화려한 색의 연등 사이에 세월호 희생자의 극락왕생을 기원하는 흰색 연등이 걸려 있었다. 남편이 죽으면 나도 흰색 연등을 달게 될까. 부처님이든 하나님이든 믿고 그 힘에 기대 펑펑 울까. 아니, 그이는 죽지 않는다. 작년 봄 그이의 수술 이후로 죽음과 삶에 대해 많이 생각했다. 극락은 어디고, 천국은 어디일까? 그런 곳을 나는 모른다. 내가 딛고 있는 이 땅, 만질 수 있는 가족의 살결, 함께 먹고 이야기하고 걷는 이곳이 극락이고 천국이다.

사나흘 통증으로 누워만 있던 남편이 자리에서 일어났다. 삽화 마감 중인 나를 대신해 어린이집에서 하율이를 데려왔다. 아이는 아빠와 한 일을 신나게 이야기한다. "놀이터에서 요플레 먹고 젤리도 먹고, 병아리도 봤어." 저녁에 셋이 집 근처 호수를 산책하고 스파게티 집에 갔다. 식당 앞에서 흘러나오는 음악에 맞춰 하율이가 엉덩이를 흔들며 춤을 춘다. 아이 덕분에 웃는다.

　남편의 통증이 심해지면 불안하다. 불안은 해야 할 일을 못하게 한다. 밤에 잠도 안 자고 스마트폰으로 4기 암 완치율, 자연 치유, 신약 뉴스, 환우의 투병기를 읽고 또 읽는다. 잠을 못 자면 그이 먹을 음식을 정성 들여 만들지 못한다. 신경이 예민해져서 짜증을 낸다. 행복할 시간도 부족한데⋯⋯. 그이가 아프기 전에는 피상적으로 느껴졌던 '삶'이라는 단어가 지금은 피부로 느껴진다. 삶은 곧 시간이다.

2014. 06. 24

월요일까지 삽화를 마감해야 하는데 작업 시간이 부족했다. 토요일 저녁에 엄마 집에 갔다. 하율이를 맡기고 삽화를 그리기 위해서였다. 일요일에 집으로 돌아오니 거실에는 전날 아이가 어질러놓은 장난감이 널려 있고 싱크대에는 남편이 먹은 햇반과 라면 봉지가 있었다. 그이는 너무 아파서 뭘 해먹거나 시켜 먹을 기운이 없었다고 한다. 아픈 사람을 혼자 두고 가서 미안했고, 하루도 집을 비울 수 없는 현실에 화가 났다. 아프기 전 그이는 나보다 요리를 잘하고 정리도 잘했다. 이제 살림은 모두 내 몫이다.

전에는 그에게 잔소리를 많이 했다. 나가서 햇볕 좀 쬐라, 물 마셔라, 인터넷 좀 그만해라, 일찍 자라, 음식 오래 씹어 먹어라, 군것질하지 말아라, 누워만 있지 말아라…… 그는 술, 담배를 끊었다. 통증을 참으며 일하고 아침 일찍 산책을 했다. 그래도 나는 그가 생활 습관을 바꾸면 당장 암이 낫기라도 할 것처럼 잔소리를 했다. 은연중에 그이를 탓했다.

요즘은 잔소리를 안 하려고 한다. 그이는 아파서 일어날 기운도 없어 보인다. 어쩌다 기운이 나면 아이에게 책을 읽어주고, 그림을 그리고, 누워서 페이스북에 글을 쓴다. 나였다면

매일 울기만 했을 텐데. 내가 해줄 수 있는 일은 짜증 안 내고 웃는 모습을 보여주는 것, 그리고 나와 아이의 건강이다. 암을 치유하려면 어떻게 해야 한다는 정보가 많지만 그걸 다 할 수는 없다. 할 수 없는 일을 하려고 애쓰며 괴로워하지 말고 현실을 받아들여야 한다.

2014. 07. 25

3년 만에 남편과 영화관에 갔다. 임신했을 때 가고 처음이다. 그이는 계속 아파서 누워 있다가 오늘 컨디션이 회복돼서 일어났다. 저녁에는 하율이와 외식도 했다. 힘든 시간이 길어지면 작은 일에도 행복하다. 그이는 어린이 같은 면이 많은 사람이고 아이도 많이 좋아한다. 만약 그가 아프지 않았다면 아이와 많이 놀아줬을 텐데…… 그이가 누워 있는 시간이 길어지면서 하율이가 아빠에게 놀아달라고 보채는 일도 줄어든다.

2014. 08. 01

나를 들여다보면 이기적인 생각으로 가득 차 있다. 설거지, 청소, 반찬 만들기 또 설거지, 아이 목욕, 빨래…… 아이의 투정, 찡그린 남편 얼굴. 밤에는 어렵게 잠들었다가도 아이의 울

음 소리와 그의 앓는 소리 때문에 깬다. 나는 이 집의 노예 같
다. 이런 생각을 하는 나한테 질린다.

2014. 08. 06

지금 남편이 자고 있는 방에서 코 고는 소리가 들린다.

조금 전까지 아파, 아파 하더니 잠들었나보다. 이 시간이 언제
까지 계속될까? 오랜 시간 아파하는 당신…… 내가 제일 아
팠을 때는 하율이를 낳을 때였는데, 당신은 어떻게 매일 그런
고통 속에서 살고 있는 걸까.

 하루 종일 남편과 아이를 돌보고 살림하느라 내 시간이 없

다. 내 시간은 잠들기 전 30분. 행복한 일을 하다가 잠들고 싶다. 행복한 순간에 찍은 가족사진을 보고 일기를 쓰고 재미있는 책을 보자. 그렇게 내일의 힘을 만들자.

2014. 08. 19

"아빠, 아파요?" 하율이가 누워 있는 아빠에게 묻는다. 안 아프다고 하면 같이 놀자고 한다.

트럭 놀이, 기차 놀이, 야구 놀이, 블록 놀이, 책 읽기. 저녁을 먹고 아이는 아빠와 번개맨 노래를 부르며 놀고, 나는 설거지를 한다. 이 정도로 충분하다. 지난달에 그이는 거의 누워 있었는데, 이번 달에는 일주일에 2~3일은 일어나 아이와 놀아준다. 세 식구가 같이 저녁을 먹으니 그이가 아프지 않은 것 같다. 꿈같다. 산다는 건 원래 꿈이 아닐까.

2014. 08. 20

오후 5시에 이번 달 삽화를 마감했다. 어린이집에서 아이를 데려오는 길에 마트에서 장난감도 보고 생선이랑 야채랑 세제를 샀다. 집에 와서 생선을 구워 아이와 밥을 먹고 이불 속에 빠진 멍멍이 인형 구조해주는 놀이를 하고 그림책을 같이 봤다. 이제 막 아이를 재웠다.

작은방 문을 열어 잠든 남편의 얼굴을 본다. 아픈데도 사보 삽화를 마감한다더니 불도 못 끄고 잠들었나보다. 지난 며칠은 그이에게 기운이 생겨서 같이 저녁을 먹었지만 오늘은 아파서 그러지 못했다. 그이는 내가 아이를 재우는 동안 혼자서 저녁을 챙겨 먹었다. 몸무게가 더 빠지면 안 되니까 억지로라도 먹었겠지.

팟캐스트를 들으며 양치질하고 빨래 개고 또 널고 밀린 설거지하고 쌀 씻어놓고 미역국을 끓였다. 새벽 1시, 아이 옆에 누워서 스마트폰으로 신장암 카페 글을 확인하고 아이 사진을 보고 잠투정하는 아이를 다시 재운다. 그이는 하루 종일 아프지만 나는 종일 힘들기만 한 건 아니다. 하루 서너 시간 삽화 일을 하고 어린이집에서 아이를 데려오면서 놀이터에서 놀고 자기 전에 30분쯤 책도 읽고 주말에는 아이랑 놀러 가기도 한다. 그이에겐 미안하지만 그렇게 살고 있다. 남편이 아파서 종일 누워 있는 날이면 불안해서 정신을 못 차리겠다. 인터넷으로 암에 대한 정보를 읽고 또 읽는다. 자연 치유했다는 사람들의 엄청난 노력을 읽는다. 그이는 지금 일어서는 것도, 밥 먹는 것도 힘든데 어떻게 산에 올라가 채식만 할 수 있다는 건지. 불가능하다는 걸 알면서도 자연 치유에 대한 정보를 읽는다. 그를 외면하지 않고 지켜본다. 지금은 그것밖에 할 수 없다.

2014. 09. 03

허리가 아픈 남편이 방에서 밥을 먹는 날이 많아졌다. 종일 방에서 지낸다. 나는 마음이 식어가는 건지, 외면하고 싶은 건지, 몸이 피곤한 건지 다정한 말 한마디 건넬 여유가 없다. 다리도 주물러주고 안아줘야 하는데 못 한다. 의무감에서 벗어나고 싶다. 떠나게 될 당신도, 남아서 혼자 아이를 키울 나도 미안한 마음을 가지지 않기를 바란다. 만약 내가 죽는다면 삶에서 무엇을 아쉬워할까? 그림을 더 못 그린 것? 아니다, 그런 게 아니다. 더 사랑하지 못한 날들, 그뿐이다. 하지만 오늘은 너무 지친다.

2014. 09. 09

추석에 시어머님, 남편 동생 가족, 아이와 절에 갔다. 남편은 아파서 일어나지 못해 집에 있었다. 조금씩 기력을 잃고 통증이 커져간다.

절에서 죽은 사람을 그리며 켜놓은 촛불을 보면 마음이 왜 편안해지는지 알겠다. 바깥세상에서는 모두 천년만년 살 것처럼 하지만 절, 교회, 성당에서는 죽음을 떠올린다. 그이만 죽는 것이 아니라고 생각하면 그렇게 억울하지 않다. 나도 죽는다. 모든 생명은 죽는다. 자연이 제 할 일을 할 뿐이다. 하지만 지금 나는 하율이에게 살아 있는 엄마가 되어야 한다. 그것만 생각하자. 눈물은 나중에.

2014. 09. 13

저녁에 시어머님에게 전화가 왔다. 남편 몸무게가 너무 빠져서 항암치료가 어려우니 어머님 집으로 내려오라고 하신다. 어머님이 남편에게 보양식을 챙겨주겠다고 하신다. 그이가 내게 미안한 표정으로 말했다. "엄마가 나한테 뭐라도 해주고 싶으신가봐. 갔다 올게." 어머님은 그이에게 해주고 싶으시고, 그이는 어머님에게 해주고 싶어한다.

그이는 혼자 일어서지 못한다. 잠들기 전 아이가 "아빠 나 좀 봐"하는데 아파서 돌아눕지 못한다. 그가 운다. 아파서가 아니라 슬퍼서 우는 듯하다.

남편이 잠든 방에서 새근새근 숨소리가 들린다. 진통제를 먹고 잠든 것 같다. 나는 엄마에게 전화를 했다. 다른 이야기를 하다가 참았던 눈물이 흘렀다. 엄마는 나에게 "너는 어떻게 팔자가 그렇니" 하신다. 내 팔자. 어려서는 친부모에게 버림받고 결혼하자마자 남편은 암에 걸리고. 악운을 쏟아부은 팔

자. 팔자라고 생각하고 받아들이면 한편으로는 편하다. 누구의 잘못도 아니고 아무리 노력해도 어쩔 수 없는 일을 팔자라고 부른다. 할 수 있는 데까지만 하고 나머지는 나도 어쩔 수 없다. 하지만 내 불행을 아이에게 물려줘서는 안 된다.

그이가 시어머니 집에 가면 한동안 같이 있을 수 없다. 잠깐 떨어져도 이렇게 슬픈데 한평생은 어찌 사나……. 하루라도 행복해야 한다. 인생을 하나의 덩어리로 보지 말고 조각조각으로 나누면 팔자가 나빠도 행복한 순간이 많다.

2014. 09. 15

내일은 남편이 검사하는 날이다. 아침 8시 반 예약이라 7시에는 출발해야 한다. 척추에 있는 암이 커지면서 통증이 심해진 지 3주쯤 돼간다. 병원에서 처방받은 더 센 진통제를 먹는데도 계속 아파한다.

오늘 낮에는 억지로 그이를 데리고 아파트 앞 정원으로 나갔다. 살이 많이 빠져 옷이 헐렁하고 머리를 밀어 야구모자를 썼다. 오랫동안 햇볕을 쬐지 않아 하얗게 바래 보였다.

자기 전 세 식구가 나란히 누워 있는데 그이가 비명을 질렀다. "아파 아파 악!" 아이가 물었다.

"엄마도 아파?"

"아니, 엄마는 안 아파. 걱정하지 마. 아빠도 곧 괜찮아질 거야."

"또또는 아파? 뽀뇨는 아파? 할머니는 아파?"

그이는 고통을 삭이는지 조용하다.

2014. 09. 19

병원 예약 날인데 남편은 허리가 아파 일어나 앉지 못했다. 집에서 휠체어를 타고 자동차에 옮겨 앉아야 병원에 갈 수 있다. 병원에서도 다시 휠체어를 타고 진료실까지 가야 한다. 나와 시어머님만 의사를 만났다. 의사는 환자가 안 와서 항암제를 줄 수 없고, 그 정도면 입원해서 MRI를 찍어봐야 한다고 했다. 이번에 입원할 땐 마음의 준비를 하고 오라고도 했다. 진료받는 시간은 5분도 채 안 되는데 의사를 만나야 항암제를 받을 수 있다니.

지금은 병실이 없어 입원 날짜를 나중에 알려준다고 했다. 시어머니를 모시고 집으로 운전해 오면서 눈물이 나서 교통사고를 낼 뻔했다. 정신 차려야 해! 집에 와서 혼자 울었다.

·

2014. 09. 23

이틀 전에 남편이 입원했다. 아이가 아침에 일어나자마자 말한다. "아빠 왔는지 보러 가자." 평소에 아빠가 누워 있는 작은방에 가자는 얘기다. 오후에 병실에 있는 아빠와 화상통화를 하던 중 "왜 아픈 거예요?" 하고 묻는다. 스마트폰 액정 속에 비친 그의 얼굴은 하루 사이에 더 말라 있었다. 자기 전에 아이가 또 묻는다. "아빠는 언제 오지?"

미용실에서 머리를 잘랐다. 마트에서 식재료와 과일, 생필품을 샀다. 인터넷으로 아이 옷을 주문했다. 돈도 벌지 못하면서 매일 지출이 있다. 아이가 잠결에 노래를 부른다. 내일은 아이를 데리고 그를 보러 병원에 가야겠다.

2014. 09. 24

하율이를 자동차에 태우고 병원에 가기가 겁나서 대중교통을 이용했다. 남양주에서 서울대병원까지 버스를 타고 지하철을 두 번 갈아탔다. 남편은 수척해진 얼굴로 아이를 보며 웃었다. 아이가 병원에 오래 있지 못해 한 시간쯤 있었다. 병원 정문으로 나오니 대학로에서 길거리 공연 축제를 했다. 아이가 작은 회전목마를 타고 싶다고 해서 태워줬다. 삐에로, 마술사, 신문지 공룡, 아마추어 밴드가 공연 중이었다. 삐에로는 빨간 코를 하고 팬터마임을 했다. 아이는 그림책으로만 보던 삐에로를 실제로 보더니 금방 빠져들었다. 집에 와서도 빨간 고무찰

흙을 동그랗게 만들어 코에 붙이고는 삐에로 흉내를 냈다. 그이는 그렇게 아픈데 나와 아이는 웃었다. 너무 힘들어서 잠시라도 현실을 외면하고 싶다.

2014. 10. 07

저녁을 먹는데 아이가 물었다.

"엄마가 나이 들면 할머니가 되는 거야?"

"응, 하율이가 나이 들어서 아빠가 되면 엄마는 할머니가 되지."

"나는 안 아픈 아빠가 될 거야."

눈물이 나려 했지만 참았다. 아이는 자신도 아빠처럼 될까 봐 두려운 걸까.

2014. 10. 18

남편 척추에 있는 암이 커져서 뼈를 부수고 신경을 누른다. 통증 때문에 돌아눕지도 못했다. 철심을 박아 척추를 고정시키는 수술을 했다. 커진 암세포에 방사능 치료를 했다. 의사가 위험한 수술이라고 했지만 통증 때문에 어쩔 수 없었다.

병원에 입원한 그가 한 달 만에 자리에서 일어나 환자 보행기를 잡고 섰다. 다리를 들어올린다. 머리를 감고 면도를 하고

나와 하율이를 보고 웃는다. 기적이 일어나지 않는다면 척추
의 암세포는 다시 커져서 뼈를 부술 것이다. 다시 아파지겠지.
또 아파하겠지. 그래도 오늘은 앉아서 웃었다. 하율이와 아이
스크림을 맛있게 먹었다. 빛나는 오늘을 잊지 못할 것 같다.

2014. 10. 22.

남편이 집에 돌아왔다. 거실에서 보행 보조기를 잡고 걷는 연
습을 했다. 어린이집에서 하율이를 데려왔다. 아이는 거실에
서 있는 아빠를 보고 놀라면서도 좋아한다. 그이가 물었다.
"하율아, 밖에 나갈까?" 그이는 보조기를 잡고 엘리베이터를
탔다. 나는 마음이 조마조마했지만 그는 혼자 힘으로 한 발짝
한 발짝 천천히 걸었다. 우리는 아파트 놀이터 옆 벤치에 갔

다. 이렇게 셋이 밖에 나온 지가 얼마 만인지. 그이는 여름 내내 누워 있었다. 하늘은 파랗고 잎은 초록이다. 청명한 가을 날씨다. 그이가 보조기를 옆에 놓고 벤치에 앉았다. 아이가 진지한 표정으로 춤을 춰서 뭐냐고 물었더니 만화에서 나오는 변신 동작이란다. 아빠에게 보여주고 싶었던 걸까. 통통한 배에 짧은 팔다리로 꽤나 열심이다. 나도 아이를 따라 춤을 췄다. 다 잊고 이 순간 춤을 추고 싶었다. 그이가 해맑게 웃으며 우리 모습을 동영상으로 찍었다. 말로 표현할 수 없을 만큼 행복하다.

2014. 10. 27

남편은 거의 방에 누워 있지만 앉을 수 있고 통증도 줄었다. 9개월째 9차 액시티닙 시작이다. 그이와 병원에 갔다. 예전엔 내가 운전하면 그는 깜빡이 켜라, 차선 변경해라, 천천히 가라, 한마디씩 했는데 오늘은 잠들었다. 휠체어로 옮겨 탄 그이는 약 부작용으로 얼굴과 몸이 부어 있고 다리는 앙상하다. 검사실, 진료실, 항암제 투약구에 갔다. 점심때 둘이 병원에 있는 정원 벤치에 앉아 김밥과 떡볶이를 먹었다. 같이 야외에서 이렇게 먹는 게 얼마 만인지. 우리는 아무 일도 없는 사람처럼 서로를 보며 웃었다. 함께할 날이 얼마나 남았는지 생각해도 답은 없다. 오늘 하루를 사는 수밖에. 남편에게 결혼해서 좋았던 날이 많았다고 얘기했다. 지난번에 싸우면서 결혼 내내 불행했다고 한 건 홧김에 한 말이라고 속으로 말했다. 그이도 알고 있겠지.

2014. 11. 07

밤에 하율이를 재우려고 누웠다. 아이가 묻는다. "아빠는 왜 병원에서 왔어?" 병이 다 나아서 집에 왔다고는 말 못 하고 다시 물었다. "아빠가 병원에 있는 게 좋아, 집에 있는 게 좋아?" "집에! 서울대병원은 왜 멀어요?" 나는 아무 말도 못 했다.

아이는 스펀지 같다. 퇴원한 남편은 컨디션이 좋아져서 아이와 아침저녁으로 놀아줬었지만 오늘은 아파서 종일 누워 있다. 저녁에 밥상을 차리는데 아이 소리가 안 들려서 찾아봤더니, 자고 있는 아빠 얼굴을 가까이서 들여다보고 있었다. 불안한 걸까? 괜찮다. 엄마인 내가 괜찮다고 생각하면 아이도 괜찮다고 생각할 것이다. 그렇게 믿어야 한다.

2014. 11. 25

병원에 다녀왔다. 의사는 남편의 시간이 짧으면 한 달에서 길면 석 달 남았다고 말한다. 그의 숨소리, 체온, 목소리. 함께했

190

던 날과 함께하리라 기대했던 모든 날. 나 혼자라면 펑펑 울겠지만 책임져야 할 하율이가 있다. 슬픔, 절망 모두 사치다.

2014. 11. 26

남편은 종일 밥을 못 먹다가 빵과 삶은 계란 두 개를 먹었다. 혼자 돌아눕지 못하면서 욕창이 생기기 시작했다. 나는 욕창 부위에 연고를 바르고 그이가 돌아눕도록 도와준다. 소변통이 찼는지 확인한다. 잠들어 있던 그이가 눈을 떴다. 눈에 눈물이 고인다. 말없이 나를 본다. 나는 가지 말라고, 그렇게 잠들어 가지 말라고, 지금은 가지 말라고, 하율이 더 크는 거 보고 가라고 소리친다. 남편은 그래, 하고 대답한다. 다시 잠든 그를 보면서 이렇게 이별인가, 이런 게 인생인가. 가슴이 무너진다.

2014. 12. 04

치루가 재발해서 남편을 데리고 내일 서울대병원 외과병동에 가야 한다. 지난번에 의사는 몸이 약해져서 할 수 있는 치료가 없다고 했다. 항생제와 진통제도 이미 최대치로 먹고 있다. 그에겐 병원에 가서 휠체어에 앉아 의사를 기다리는 시간이 너무 힘들다. 의사를 만나는 시간은 5분뿐이고 상처를 소독

하는 게 전부다. 그래도 의사를 보러 간다.

그이가 척추 재건 수술을 하고 처음으로 일어나서 걸었을 때, 집에 와서 하율이와 놀이터에 나와 걸었을 때, 춤추는 아이를 보면서 함께 웃었을 때만 해도 희망이 있었다. 하지만 그 후 그이는 일어서지 못한다. 아파서 잠에서 깨면 진통제를 먹고 다시 잔다. 식은땀으로 옷이 젖는다. 누워서 죽이나 액체로 된 영양식을 먹는다. 옆구리에 커지는 암 덩어리 혹이 눈에 보인다.

지난주에 담당 의사를 만났다. 내가 남편의 병에 대해 여러 가지를 물으니 나를 따로 불렀다. 한 달 뒤에 환자가 자기를 보러 오지 못해도 놀라지 않을 거라고 말했다. 그이는 살아 있는데 병원에서는 죽은 사람처럼 대한다. 주저앉아 울고 싶지만 나는 하율이 엄마다.

2015. 02. 01

내가 남편과 아들에게 해줄 수 있는 가장 큰 일은 내 건강을 지키는 일이다. 내가 암에 걸렸다면 그이가 건강하길 바란다. 나 죽고 재혼해도 괜찮다. 건강해서 아이를 든든히 지켜주길 바란다. 계속 몸이 안 좋아 지난주 건강검진을 예약했다. 내일은 내 건강을 살피러 병원에 간다.

2015. 03. 13

병원 정기 검진이 저녁 7시로 잡혔다. 하율이를 맡아줄 사람이 없어 같이 병원에 갔다. 검사실에 들어간 남편을 기다리는 동안 식당에서 밥을 먹었다. 아이가 자꾸 물어본다.

"아빠 보고 싶어. 아빠 검사 다 했을까?" 나는 시계를 보고 대답했다. "하율이 아빠 보고 싶구나? 이거 다 먹으면 검사 끝날 시간일 거야." 그이는 지난 두세 달 동안 거의 누워 지냈다. 아이와 이야기할 기운조차 없었다. 아이는 그렇게 아픈 아빠라도 좋은가보다. 병원에 가면서도 오랜만에 아빠, 엄마와 차를 타서 즐거워 보였다. 그랬구나, 하율아. 아픈 아빠라도 같이 있어 좋구나.

2015. 04. 22

남편이 계속 아프다. 비명과 앓는 소리가 멈추면 약 기운에 지쳐 잠이 든다. 나에게 짜증 한 번을 안 낸다. 어젯밤에는 아프다며 울었다. 연애하는 10여 년 동안 우는 모습을 본 건 슬픈 영화를 볼 때뿐이었다. 나에게 태양 같던 사람. 아이는 아직 아이답다. 나는 어린 시절 집을 옮겨다니며 외롭게 자랐다. 하율이는 나와 같은 외로움을 느끼게 하고 싶지 않다. 사랑 속에서 살게 하고 싶다.

이틀 전 아침에 남편이 위급하다며 시어머니가 병원으로 빨리 오라고 하셨다. 그이는 이미 의식이 희미하지만 내 목소리는 알아듣는다. 양쪽 눈은 보이지 않는다. 전날 남편의 상태가 어땠지? 허리를 펴지 못해서 검사도 못 받고 의사에게 화를 내고 있었다. 폐에 물이 차서 빼야 한다고 했다. 그때까진 정신이 멀쩡했다.

남편이 아파서 비명을 지르다가 지쳐서 잠든다. 잠드는 것인지 의식을 잃은 것인지 모르겠다. 시어머님이 자꾸 그이를 깨운다. 현수야, 일어나서 하율이랑 놀이동산 가자. 그이는 무의식중에 응 하고 대답한다.

지난 14년 동안 내 애인, 남편, 하율이 아빠, 친구, 가족, 선배, 박현수.

남편이 내게 띄엄띄엄 말한다.

"미희야, 여기 있어."

"미희야, 가자!"

"미희야, 울지 마!"

"미희야, 하율이 데리고 와야지."

"무서워."

내가 물었다. "오빠, 나 잘할 수 있을까?" "잘할 거야." 그이가 또렷하게 대답했다. "오빠 사랑해." "나도 사랑해."

2015. 07. 05

하율이가 외할머니가 주신 옥수수를 들고 와서 말한다. "아빠한테 줄 거야. 건강에 좋다고 했어." "어디서 그렇게 말했는데?" 물어보니 "뉴스에서 그렇게 말했어"라고 한다. 남편은 몰핀과 암성통증에 때문에 아이가 왔는데도 대답도 잘 못 한다. 가슴이 찢어진다고 쓰면 정말 가슴이 찢어질 것 같다. 나는 엄마니까 마음 단단히 먹고 강해지자. 강하지 못해도 강한 척이라도 하자.

2015. 07. 07

내가 하율이에게 말한다. "아빠는 이제 하늘나라 갈 거야." 하율이가 말한다. "그럼 이제 아빠랑 같이 못 사는 거야? 하늘나라는 어떻게 가는 거지? 나도 하늘나라 갈래."

열흘 넘게 통증 때문에 정신을 잃고 고통스러워하던 남편이, 아이가 뽀뽀를 해주니 웃었다. 얼마 만에 그이의 웃음을 보는 건지 생각조차 나지 않는다. 눈물은 소용없다. 그이가 아픈 것이 지옥이라면 멈추지 않고 계속 아픈 것은 지옥 아래다.

2015. 07. 10

장례식장 소음. 사람이 많이 왔다. 살아 있는 이에겐 모두 시간이 있고 남편에겐 없다. 그이의 죽음이 꿈같은데 누군가 나를 위로하면 어떤 표정을 지어야 할지 몰라 어색하다. 하윤이를 집에 데리고 가기가 무섭다. 아빠는 어디 있는지 물을까 봐 두렵다. 그이의 유품을 보기가 두렵다. 막막하다.

2015. 07. 12

집에 왔다. 편하다.

2015. 07. 12

남편이 의식 있는 상태에서 한 마지막 말. "울지 마, 미희야."

그래. 안 울게. 그이가 일 년을 누워 지냈으니 생활이 달라질 것도 없다. 다만 한 사람이 옆에 없을 뿐.

2015. 08. 09

하윤이가 아침에 일어나 춤을 추고 웃는다. 노래를 부른다. 맛있는 간식을 주면 또 좋다고 춤을 춘다. 길을 걸으며 쫑알쫑알 이야기한다. 자꾸 같이 놀자고 한다. 손을 잡자고 하고 장난감을 사달라 한다. 오후에 손가락이 선풍기에 끼어서 피가 나 엉엉 울었다. 괜찮다고 눈물을 닦아주니 그제야 눈물을 그친다. 괜찮다고 말해주는 엄마가 없었다면 계속 울었을지도 모른다. 나는 아직 죽어서는 안 된다. 하율이가 어른이 될 때까지 건강해야 한다. 걱정과 슬퍼하는 건 그만하자. 다시 몸을 일으키자.

2015. 08. 12

"엄마한테 말할 게 있어. 아빠 방에는 하늘로 통하는 문이 있어. 하늘에 올라가면 어떻게 걷지? 아빠 보고 싶어."

"엄마도 아빠 보고 싶다."

"엄마가 할머니 되면 하늘나라 올라가서 볼 수 있을 거야."

할머니가 된다는 게 무엇인지 모르는 네 살 아이가 어떻게 저런 말을 하는지 모르겠다. 다른 사람이 하늘나라 어쩌고 하면 저는 그런 거 안 믿어요, 센 척하겠지만 아들이 저리 말하니 그래, 하고 대답했다. 남편과 나는 2001년에 만나 10년은 연인, 4년은 부부로 지냈다. 그이는 마흔 번째 생일에서 보름을 더 살다가 숨을 멈췄다. 신장암 수술을 한 뒤 2년 항암 치료를 했고 마지막 열 달은 통증 때문에 거의 누워 지냈다. 나한테 화 한 번 내지 않았고, 아침에 하율이가 어린이집에 가면서 다녀오겠습니다 하고 인사하면 누워 있다가도 애써

앉아서 잘 다녀와, 그랬다. 틈틈이 글을 쓰고 그림을 그렸다. 14년을 나와 함께한 사람. 아팠던 모습만 떠오르지 않고 즐거 웠던 모습, 사랑했던 모습이 떠오르면 좋겠다.

2015. 10. 08

남편이 죽은 지 석 달이 되었다. 아파했던 마지막 모습이 자 꾸 떠오른다. 나는 밤에 잠을 못 자고, 아침에 일어나면 밤새 가슴을 두들겨 맞은 듯하다. 억지로 일어나 아이 아침을 챙겨 먹이고, 어린이집에 보내고, 집안일을 하고, 맡아놓은 삽화를 그린다. 동사무소, 은행, 보험사, 병원 서류, 자동차 등록, 휴 대전화 가게, 연금공단을 돌아다녔다. 서류를 작성하고 제출

하는 단순한 일인데 어렵게 느껴진다. 시어머니 생신에 시댁에 다녀오고 추석에는 시댁 식구와 남편의 수목장에 다녀왔다. 아이는 자꾸 아빠가 어디 있는지, 엄마도 죽는지 묻는다. 나는 울 수 없다. 혼자 조용히 누워 있고 싶은데 해야 할 일이 왜 이렇게 많은지.

며칠 전 남편 꿈을 꾸었다. 밖을 돌아다니다가 그가 집에서 기다리고 있다는 걸 깨닫고 뛰어서 집으로 돌아왔다. 그이가 방에 누워 왜 이제 왔냐고 물었다. 미안해, 남편의 얼굴을 만졌다. 차갑다. 꿈이라는 걸 깨닫고는 무서워서 깨어났다. 다시 잠들면 같은 꿈을 꾸게 될 것 같아 눈을 뜨고 있었다. 내가 누구인지, 어디에 있는지 모르겠다. 지금껏 살아온 방식이 모두 무너지고 어둠 속을 더듬는다. 그래도 아이가 있고, 그림을 그릴 수 있어서 다행이라고 생각하기로 했다.

2015. 10. 17

하율이 치아 사이가 썩어서 치과에서 은니를 했다. 수면마취 없이 마취 주사만 맞고 치료했다. 울까봐 걱정했는데 씩씩하게 잘했다. 전날 밤 치과에서 안 울면 장난감을 사주겠다고 약속했다. 아이는 마트에서 레고 팽이를 골랐다. 계속 가지고 놀다가 자기 전 그림책을 읽어줄 때도 손에 잡고 있다. 아이가 주사를 맞고도 안 울었다고 남편에게 자랑하고 싶은데 이제 할 수 없다. 아이에게 말했다.

"아빠가 남겨둔 돈으로 하율이 장난감 사준 거야."

"아빠가 왜 돈을 남겼어?"

"하율이 장난감도 사주고 엄마랑 맛난 거도 먹으라고."

"그런데 왜 눈이 안 보였어?"

"누가 눈이 안 보였다고?"

"아빠가 병원에서 왜 눈이 안 보였냐고."

아…… 그때 일을 기억하는구나.

"엄마는 할머니 되고 나 어른 될 때까지 하늘나라 안 갈 거야?"

"응. 안 갈 거니까 걱정하지 마."

"엄마를 많이 좋아하니까 엄마는 하늘나라 가지 마. 엄마가 좋아."

"하율아 사랑해."

"엄마가 나를 사랑하는 거보다 내가 더 많이많이 사랑하거든!"

아빠의 마지막 날을 잊은 줄 알았는데 기억하나보다. 나는 살아야 한다. 내일 아침에 일어나서 브로콜리랑 두부, 사과를 먹고, 뒷산을 산책해야겠다. 그림을 그리고 그림책 공부도 다시 시작해야겠다.

잠든 하율이 옆에 누웠다. 나는 남편이 그토록 바라던 삶을 살고 있다. 뭘 걱정하는 걸까? 아이와 내가 굶게 될까봐? 그림을 못 그리게 될까봐? 살 집이 없을까봐? 아이를 제대로 공부시키지 못할까봐? 그래도 나는 살아 있다. 그게 중요하다. 아이는 잠들기 전 꼭 이렇게 말한다. "엄마, 아프지 말고 오래오래 있어야 해."

아무도 만나고 싶지 않다. 그런데 하율이가 있어 사람을 만난다. 아이와 놀이터, 키즈카페에 간다. 어린이집 친구 엄마들을 만나서 유치원, 아파트, 학원, 요리, 다이어트, 운동 이야기를 한다. 친정 엄마와 시어머니를 만난다. 아이가 있어 돈 벌 궁리를 한다. 어디로 이사 갈지 앞으로 어떻게 살아야 할지 고민한다. 주말에 야외로 놀러도 가고 외식도 한다. 반찬을 만들고 청소랑 빨래를 한다. 자기 전 같이 그림책을 본다. 몸을 움직이고 앞날을 고민하는 이유는 하율이 때문이다. 내가 짊어진 짐이 나를 세상으로 나가게 한다.

2015. 12. 01

아이패드를 고치러 테크노마트에 갔다. 가게 번호가 뒤죽박죽이라 수리점을 찾느라 몇 바퀴를 돌았다. 남편이랑 연애할 때 이곳에 가끔 왔는데 길치인 나는 그를 따라다녔다. 생각해보면 서울에서 내가 갔던 곳의 대부분은 그와 함께 간 곳이었다. 수리를 기다리는 동안 옥상에 있는 한강 전망대에 올라갔다. 한강 뒤로 전부 아파트다. 레고 블록 같은 한 칸이 몇 억씩 한다. 20대 중반에 대기업에 취업할 기회가 두 번 있었다. 기회를 잡았다면 아파트 한 칸을 사고 아침부터 밤까지 회사에서 일했을까? 돈은 크게 중요하지 않다고 생각하며 살았지만 이제 아들과 살 집을 마련하려면 돈이 필요하다. 내 일부는 그이와 함께 죽었는지 모르겠지만 꿈꾸던 삶을 다시 꿈꿔야 한다. 마흔 살인데 이십대처럼 꿈 타령이라니.

2016. 08. 04

건강검진을 받았다. 동생이 홍삼 진액, 엄마가 산삼 세 뿌리를 사주셔서 먹었다. 한의원에서 보약을 지어 먹고 친구가 준 흑염소 진액을 먹었다. 지난 1년 동안 이런 것들을 먹었다. 어깨랑 팔이 아파 한의원에서 침을 맞는다. 하루에 20시간씩 책상에 앉아 있을 때도 뼈는 멀쩡했는데 요즘은 아파서 자다

가 자주 깬다. 아이를 키워서인지 나이가 들어서인지…… 둘 다겠지. 그림 그려서 먹고살아야 하는데 팔이 망가지면 큰일이다.

　몸과 정신은 연결되어 있다. 정신으로 아무리 괜찮다고 생각해도 몸은 그것과 상관없이 아프고 힘들다. 악순환의 고리를 끊어야 한다. 운동하고 라면과 술을 안 먹고 무엇보다 밤에 잠을 푹 자야 한다. 아이가 서른 살이 될 때까지는 살고 싶다. 일기 쓰기가 정신 건강에 도움이 된다. 몸속의 독이 단어로 조금씩 빠져나간다.

집주인이 집을 판다면서 이사를 가라 한다. 남양주에는 아이
가 8개월 때 이사 왔다. 서울은 전셋값이 너무 비싸서 경기도
에서 가장 싼 동네로 왔다. 이사 왔을 때 동네에 아는 사람은
남편과 하율이뿐이었다.

결혼 전에 살던 서울 노원구에는 엄마가 살고 계신다. 그 근
처로 이사하려고 엄마와 함께 부동산에 갔다. 따라나선 하율
이가 어딜 가냐고 물었다. 우리가 사는 집은 빌린 집이고 집을
사려고 알아보러 가는 중이라고 대답했다. 아이는 눈이 동그
래졌다. "빌린 집이라고? 난 우리 집이 좋은데." 집을 사면 안
정될까 싶었다. 매일 밤 인터넷으로 남양주와 노원구 아파트
가격을 살폈다. 아이 때문에 아파트로 가고 싶은데 돈이 많이
부족하다. 대출을 받을까 생각해봤지만, 돈 갚을 일이 막막하
다. 대출에 대한 압박감 때문에 그림책을 내고 싶다는 희망은
사라질 것 같다. 고민한 끝에 2년 더 남양주에서 전세로 있기
로 했다. 아빠와 헤어진 지 몇 달 안 된 아이가 친구와 헤어지
게 하고 싶진 않다.

통장 잔고가 성실히 줄어든다. 아이는 삼 년 후 여덟 살, 초
등학교에 간다. 더 커서 공부하고 싶다고 하면 학비는 내주고
싶다. 나는 학자금을 대출받고 아르바이트해서 대학에 다녔

다. 대학에서 배운 기억은 거의 없고 아르바이트한 기억만 있다. 지금 당장 돈을 벌기는 어렵다 해도 벌 수 있는 준비를 해놓아야 한다.

2016. 09. 03

남편의 그림을 좋아했던 사람들이 모여 추모 전시회를 열어주었다. 그이와 함께한 14년의 시간 중 아팠던 시간은 2년이다. 그런데 평온했던 12년의 시간보다 아팠던 2년의 시간이 더 많이 떠오른다. 그이를 가장 많이 기억하고 있는 사람은 나다. 그는 무엇을 바랄까. 박현수, 아메바피쉬, 하율이 아빠, 내 사랑.

2016. 10. 09

저녁으로 아이가 먹고 싶다는 크림 떡볶이를 해주었다. 맛있게 먹더니 아이가 잠깐 허공을 쳐다본다.

"아빠는 배고프겠다."

"왜? 하늘나라에는 먹을 게 없을 거 같아?"

"응."

"아니야, 하늘나라에 구름빵도 있고 별사탕도 있고 먹을 거 많아."

"엄마는 안 아파?"

"안 아파. 엄마는 하율이 어른 될 때까지 건강할 거야."

"아빠는 왜 아팠어? 아, 모른다고 했지."

아이는 아빠가 병원에 다닐 때부터 자주 왜 아픈지 물었다. 친구 아빠는 안 아픈데 왜 자기 아빠만 아픈지 궁금해했다. 나도 그이가 왜 암에 걸렸는지 알고 싶었다. 이유를 제거하면 병이 나을 수 있을지도 모른다는 생각이었나.

아이에게 말해줄 적당한 대답을 고민했다. "아빠가 아팠던 이유는 아직 과학적으로 밝혀지지 않았어. 근데 하율이가 어른 될 때쯤에는 과학자가 밝혀낼 거야. 너는 걱정 안 해도 돼. 사람은 모두 언젠가는 하늘나라에 가. 하지만 엄마는 하율이 어른 될 때까지 안 갈 거야. 엄청 할머니 되면 그때 갈 거야."

"엄마는 내가 어른 돼도 할머니 하지 마."

"그래."

모르겠다. 과학적 사실 따위가 지금 뭐 중요한가. 우선은 아이가 불안하지 않게 해주고 싶다.

2016. 11. 09

이사가 2주 남았다. 삽화를 마감하고 나면 이사를 준비할 시간이 사나흘밖에 없다. 남편 옷, 신발, 책, 그림 도구, 양철 로봇, 안경, 전기면도기, 수첩, 항암제, 진통제…… 모든 게 1년 전 그대로다. 읍사무소에 사망신고만 했지 그이의 물건은 하나도 버리지 못했다. 집주인이 집을 팔아서 어쩔 수 없이 이사하는 건데, 전세가 너무 비싸다. 얼마 전까지는 집 매매 가격이나 전세 가격에 대해 관심이 없었다. 사별하고 1년 동안 너무 대책 없이 살았다. 하율이는 점점 클 텐데 이런 식으로 살면 안 된다.

2016. 11. 22

이사했다. 남편이 그동안 내게 너무 잘해줬나보다. 혼자 제대로 할 수 있는 게 하나도 없다. 전 집주인 사정 봐주느라 날짜를 못 맞춰 이사 갈 전셋집을 간신히 구했다. 이사하는 날 스마트폰으로 집주인에게 전세금을 자동이체하려 했는데, 내 실수로 이체 한도가 초과됐다. 직접 이체하려고 은행에 가서 보니 지갑 속에 주민등록증이 없었다. 동사무소에 가서 주민등록증을 만들려고 필요한 사진을 위해 사진관까지 가야했다. 시간은 3시를 넘기고 이삿짐 옮기는 건 보지도 못했다.

이사 비용을 현금으로 줘야 하는 것도 몰랐다가 저녁에 현금 인출기에서 돈을 찾느라 시간을 보냈다. 순탄하게 한 일이 하나도 없다. 동생이 은행과 동사무소에 자동차로 태워주지 않았다면, 어린 아들 데리고 길에 나앉을 뻔했다.

남편은 계획적이고 모든 일을 정확히 처리했다. 책임감이 강해 어려운 일은 다 그이가 했다. 이제 내가 해야 한다. 혼자가 되어 좋은 점 한 가지는 자립심을 키울 수 있다는 것. 이사 한 번 해봤으니까 다음엔 지금보다 잘하겠지.

이사하기 전날, 그이의 옷과 신발을 정리했다. 자주 입던 옷 한 벌, 결혼식 때 신은 구두 한 켤레를 남겼다. 오늘은 그이의 책을 정리 중이다. 수집하는 걸 좋아해서 남겨진 물건이 많은데 그중 책이 가장 많다. 만화가여서 만화책이 많다. 나중에 하율이가 글을 익히면 아빠가 모은 만화책들을 보면 좋겠다.

2016. 12. 22

저녁을 먹고 하율이는 응가 하러 화장실에 가고 나는 설거지를 하고 있었다. 하율이가 엄마, 하고 불러 화장실에 갔다.

"엄마! 오늘 유치원에서 팥죽 먹었는데, 선생님이 다섯 살은 새알심 다섯 개 먹는 거래. 엄마는 사십 살이니까 새알심 사십 개 먹어!"

"그래, 사십 개 먹으면 정말 배부르겠다. 배 터질지도 몰라."

오늘은 동지, 밤이 가장 긴 날이다. 아이는 잠들면서 밤이 길어서 내일 소풍 못 가면 어쩌냐며, 내일은 낮이 길어지냐며 종알종알하다가 잠들었다.

5년 넘게 고정 수입이던 삽화 일이 이번 달로 끝났다. 시원섭섭. 그동안 굶지 않게 해줘서 고마웠다. 이제 그림책을 만들고 싶다. 매달 통장에 찍히던 수입이 없어지니 황야에 홀로 서 있는 기분이다. 가자.

—

맺는 말

'아, 잘 잤다' 하며 아침에 일어났습니다. 8년 만에 깊은 잠을 잔 듯합니다. 아이를 돌봐야 했고 돈을 벌어야 했습니다. 지금 못 번다면 벌 수 있는 일을 찾아야 했습니다. 하지만 늘 무기력하고 피곤했습니다. 현실감 없이 멍한 상태였습니다. 제가 그러는 동안에도 아이는 저를 보며 웃고, 놀아달라 하고, 질문을 했습니다. 제가 우울한 시간이 길어질수록 아이가 불행해진다는 건 분명했습니다. 외로운 어린 시절을 보낸 저는 그것만은 막고 싶었습니다. 억지로라도 정신을 차려야 했습니다.

어릴 적 힘들 때마다 일기를 쓰던 습관이 있었습니다. 좋은 시절에는 안 쓰다가 힘든 시절이 되어 다시 쓰기 시작했습니다. 밤에 아이를 재우며 스마트폰 메모장에 일기를 썼습니다. 나를 도와줄 사람은 아무도 없는 것 같았습니다. 이제 누구의 도움을 바라지 말고 혼자 힘으로 일어나야 한다고 결심했습니다. 대학 때 그이를 만나 많이 의지하며 살았습니다. 인간관계, 경제적인 부분 모두였습니다. 그 외에는 마음을 터놓을 수 있는 친구도 거의 없고, 생활도 그의 수입에 많이 의존했습니다. 나는 왜 이렇게 부족한 40대가 되었을까, 어디서부터 잘못된 것일까? 인생이라는 짐을 통째로 들어서 뒤집어 탁탁 털어보고 싶었습니다. 그 안에는 저의 어린 시절 경험들이 있었습니다. 그걸 일기에 적었습니다.

그이가 눈을 감았을 때 아이는 네 살이었습니다. 그는 항암치료를 하면서도 아이와 잘 놀아줬습니다. 아빠를 볼 수 없게 되자 아이는 저에게 묻곤 했습니다. 아빠는 왜 하늘나라에 갔어? 다시 못 돌아와? 엄마도 죽어? 사람은 모두 죽어? 저는 답하지 못했습니다. 그때까지 살면서 죽음에 대해 생각한 적이 거의 없었습니다. 죽음이란 무엇일까? 어차피 죽는다면 삶에 어떤 의미가 있을까? 만약 의사에게 생이 2년 남았다는 말을 듣는다면 무엇을 하고 싶을까? 이런 질문도 적었습니다.

마음을 정리하는 데 글쓰기가 많은 도움이 되었습니다. 쓴 글을 페이스북에 올리기 시작했습니다. 마음이 불안한 상태라 무엇이라도 지속적으로 세상과 연결되는 부분이 있어야겠다고 생각했습니다. 집에서 그림을 그리고 아이와 생활하면서 만나는 사람이 거의 없으니 저 혼자만의 세계에 갇히면 아이가 위험해질 수 있습니다. 사람들에게 공개한 글은 몇 번 더 읽게 됩니다. 어린이집 버스를 기다리면서 읽고 놀이터에서 노는 아이를 지켜보면서도 읽었습니다. 쓰고 읽으면서 제가 겪은 일들을 한발 물러서서 볼 수 있게 되었습니다.

성과 위주의 사회적 잣대로 보면 저는 부족한 삶을 살았는지도 모릅니다. 이혼 가정에서 자란 아이, 과부, 가난하고 무능한 싱글맘. 그게 접니다. 몇 년의 육아와 간병으로 자존감이 완전히 바닥난 상태였습니다. 하지만 제 이야기를 씀으로써 저만의 서사를 가진 개인이 된다는 느낌이 들었습니다. 지난 8년 동안 아이를 키웠고 사랑하는 사람의 마지막 시간을 함께했습니다. 모두 제가 기꺼이 선택한 일입니다. 페이스북에 매일 글을 올린 지 두세 달쯤 지났을 때 친구가 "왜 그런지 모르겠는데 너 글 좋더라"라고 말했습니다. "잘 쓰는 게 아니라 사연이 많은 거지." 겸손이 아니라 정말 그렇게 생각했습니다. "아니, 사연 많다고 다 너처럼 쓰지는 않아."

사람들이 제 글을 읽는다는 생각에 더 잘 쓰고 싶어졌습니다. 글쓰기를 좋아하게 되었습니다. 우울한 날들 속에서 뭔가 좋아하는 일이 생겼다는 건 어둠 속의 환한 번개 같았습니다. 그 빛 속에서 본 풍경은 다시 어둠이 와도 잊히지 않았습니다. 훌륭하고 멋진 글보다, 정확히 제 경험과 감정, 생각에 대해 구체적으로 쓰려고 했습니다. 마음의 풍경을 묘사하면서 제가 맞이하고 싶은 미래가 어떤 모습인지도 그릴 수 있게 되었습니다. 포스팅한 글에 댓글도 달리고 응원해주시는 분들이 생겨났습니다. 내밀한 이야기가 많아서 부끄럽기도 했지만 그건 중요하지 않았습니다. 무기력을 털고 일어나서 아이를 불행하게 만들지 않겠다는 결심이 우선이었습니다. 사랑하는 사람의 죽음을 가까이서 지켜본 후 삶에서 중요한 것과 중요하지 않은 것이 무엇인지 조금은 알게 되었습니다. 남과 비교하는 마음에서 비롯되는 부끄러움은 쓸데없는 감정입니다.

저는 그림 그리기와 글쓰기를 좋아합니다. 그 일로 남은 생을 살고 싶습니다. 혼자라고 느껴져 쓸쓸할 때가 있습니다. 사랑하는 사람이 있어도 인생은 혼자지요. 마지막에는 혼자 죽습니다. 혼자라는 생각이 아니었다면 저는 그이와 함께 죽었을지도 모릅니다. 그러니 혼자가 나쁜 것만은 아닙니다. 혼자 걸어가는 길에 누군가를 만나기도 하고 잠시 머물기도 하고 같이 걷기도 합니다. 혼자의 시간에 그림을 그리고 글을 씁니다. 그건 나에게 쓰는 편지이기도 하고 보고픈 사람에게 보내는 편지이기도 합니다. 그렇게 혼자이면서 연결되기를 바랍니다.

제가 하고 싶은 일을 할 수 있도록 해주신 엄마, 한성옥 여사 고맙습니다. 책을 내자고 제안해주신 이은혜 편집장님 고맙습니다. 제게 급한 일이 있을 때 하율이를 돌봐준 정현, 서진, 지영, 서은, 예진, 고마워요. 제 글을 읽어주신 당신 고마워요. 읽어줄 거란 기대가 있어서 썼던 날이 있습니다. 처음에는 울면서 읽었던 일기를 책으로 만들기 위해 여러 번 정리하며 읽어서인지 울지 않고 읽을 수 있게 되었습니다.

문 뒤에서 울고 있는 나에게

ⓒ 김미희

1판 1쇄 2019년 10월 25일
1판 3쇄 2020년 4월 7일

지은이 김미희
펴낸이 강성민
편집장 이은혜
편 집 권예은 이여경
마케팅 정민호 김도윤 고희수
홍 보 김희숙 김상만 오혜림 지문희 우상희 김현지

펴낸곳 (주)글항아리 | 출판등록 2009년 1월 19일 제406-2009-000002호

주소 10881 경기도 파주시 회동길 210
전자우편 bookpot@hanmail.net
전화번호 031) 955-8891(마케팅) 031) 955-1936(편집)
팩스 031) 955-2557

ISBN 978-89-6735-676-7 03800

이 도서의 국립중앙도서관 출판예정도서목록(CIP)은 서지정보유통지원시스템
홈페이지(http://seoji.nl.go.kr)와 국가자료공동목록시스템(http://www.nl.go.kr/
kolisnet)에서 이용하실 수 있습니다.(CIP제어번호: CIP2019039091)

www.geulhangari.com